U0017565

學校是我們的

最後的盟友

安德魯・克萊門斯◎著

周怡伶◎譯

【推薦一】

找到自己「神聖的不滿足感」

李偉文 親子作家

我相信大家對安德魯·克萊門斯不陌生，因為他所寫的校園小說可以說是本本精彩，除了生動好看、貼近孩子的生活之外，幾乎每一本書都在解答一個孩子成長中會面臨的困惑與徬徨，提供青春期風暴的孩子透過故事梳理自己紛亂且無法被理解的情緒。

【學校是我們的】系列與過去克萊門斯作品最大的不同是，這是五本連貫的系列小說，透過青少年階段最喜歡的冒險、尋寶與解謎的故事，帶出了為公義挺身而出的行動。

美國的海波斯牧師（Bill Hybels）觀察到人在成長中有個重要

蛻變的時刻，他稱為「神聖的不滿足感」（Holy Discontent），也就是每個人在生活中都會有看不慣的事情，可是通常只是用嘴巴抱怨一番就過去了，然而當有些人在某些特殊情境下，產生「此事非我不可」的體會，並且願意行動與參與，這些努力與經驗，往往會改變這個人的一生，讓他往更美好與有意義的人生邁進。

美國教育學家威廉．戴蒙（William Damon）也發現，近代許多年輕人喪失了對生命的追尋，也許物質環境很好，學歷很高，但是呈現兩極化，一則對社會冷漠而疏離，另外就是憤世嫉俗，只會罵而不想現身參與。如何讓這些被卡住的年輕人重新獲得前進的力量，恐怕是當代新的課題與挑戰。在威廉．戴蒙研究與調查後認為，少數願意參與有意義活動的年輕人，他們能夠集中力氣勇於實踐自己的夢想，大多是在青春期曾經歷過以下幾個美妙的時刻：

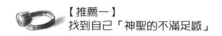

一、曾經與家人之外的人有過啟發性的對話。

二、發現世界上有某些很重要的事可以被修正或改進。

三、體會到自己可以有所貢獻，並且形成一些改變。

四、獲得家人或朋友的支持，展開初步的行動。

五、透過行動有進一步的想法以及獲得所需的技能。

六、學會務實有效率的處理事情。

七、把這些行動所學習到的技能轉換到人生其他領域。

從【學校是我們的】這系列精采的小說中，可以很清楚的看到班傑明正一步一步經歷這幾個階段，也建構了自我價值與意義追尋的脈絡。

誠摯的盼望台灣的孩子看完這套小說後，也能如班傑明一樣找到自己的「天命」，一個自己可以有所貢獻的人生目標，當然，我也希望每個有機會陪伴孩子的大人與師長，都可以成為給孩子帶來人生啟示的貴人。

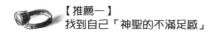

【推薦二】

改變．祕密．故事的能量

新北市秀朗國小教師
羅秀惠

什麼？就在居住的社區附近要興建一座航海主題樂園！學校將因此搬遷重蓋，校舍也將煥然一新……對許多孩子而言，這真是夢寐以求的事！然而，就在暑假前一個月，班傑明原本平順的學校生活，卻因接受了學校老工友託付的一個金幣後開始改變。

透過班傑明的眼，我們彷彿看到愛居港這個濱海小鎮原本寧靜宜人的地景。隨著班傑明對自己居住地的歷史探索，我們似乎也身歷其境，甚至開始思考：對於每天生活的環境，我們是否因習慣而無感？難道非得到面臨變化甚至毀壞之際，才會驚覺自己對這塊土地的感情？才會思索這些改變的正當性與公平性？

故事的場景設定引人入勝，手機、網路、雲霄飛車、回家功課、考試、查資料、寫報告、友伴關係及同儕互動……無一不是現今孩子的生活寫照。作者細膩深刻的描寫，似乎是對讀者進行彼此同質性的一種宣告，極具感染力。

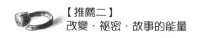

愈是祕密，愈想探索；愈是衝突，愈具吸引力。這是千古不變的道理。故事從書名開始就極具吸引力，《謎之金幣》、《五聲鐘響》等各集書名就足以引發預測的欲望，接著讓人想進一步窺見其祕密，引領讀者一步一步跟隨情節的高潮起伏，時喜時驚。

深諳此道的克萊門斯不遺餘力的創造了一個充滿謎題、看似線索雜沓的場景。他透過一個勇敢、冷靜、對生命充滿熱情、對社會具有使命感的小學生，抽絲剝繭的理出事件脈絡，令讀者不忍釋卷

的跟著一路深掘探究；而書中孩子與大人間的互動關係，時而溫馨，時而緊張，就如同貫穿全書的愛居港海濱，有著溫潤宜人的海風，也同時伴隨著隨時可奪人性命的浪潮，波詭雲譎的情節，牽引著讀者一同探索真相、領略尋寶的刺激和解謎的趣味。

除了緊扣環保、校園等這些孩子較為熟悉的主題之外，作者更企圖以迷你蝦米（小學生）對抗超級大鯨（大財團）這種強而有力的對立衝突，引發讀者對社會正義的關注與思考，使本書在輕鬆筆觸的表象下，有著深沉的靈魂。而承載著如此巨大能量的，是對學校的熱愛，對朋友的信賴，對環境的期許，以及對生命的信念。這一切，都使這【學校是我們的】系列呈現出豐厚的底蘊，益發引人再三探索品味！

【推薦三】
各界好評推薦

安德魯．克萊門斯根本就是個聰明慧黠、充滿鬼點子卻又胸懷著體貼心和正義感的大孩子。他筆下的【粉靈豆校園小說】系列不只貼近青少年，同樣也引起成人讀者的共鳴，因為，誰沒有春青瘋狂過？更何況他的文字又如此有魔法，讓人往往不小心就一口氣看完，哦！不對，因為中途常會笑岔了氣，所以必須換氣啦！

光想到他的【學校是我們的】系列出版，我內心就非常興奮期待，因為這是安德魯首次為讀者撰寫更富吸引力、故事更具張力的連貫小說。他將引領讀者深入貪得無厭的財團滅校計畫中，跟著故

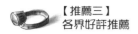

事主角班傑明一起歷經推理、懸疑、艱困的過程，拯救他的小學。我相信讀者在享受安德魯絕對引人入勝的故事鋪陳之外，一定也會對大人世界裡複雜的土地徵收、官商勾結、環保運動和公民意識有具體的認識和了解。我相信對讀者來說，不管是大、小讀者，這將是很重要而且很受用的收穫！

來吧！歐克斯小學的大門已經打開了，班傑明即將發現創校者歐克斯船長在兩百年前的校園裡埋藏保護學校的祕密計畫，快點跟上腳步吧！

——飛碟電台主持人 **光禹**

【學校是我們的】是克萊門斯先生首次撰寫系列連貫的小說，共五集。故事主角班傑明在接受老工友臨死交託的一枚金幣後，和同學吉兒展開了搶救學校大作戰。這兩位主角關注學校的存廢並探究歷史真相，過程高潮迭起，還加入推理懸疑的元素。作者還以幽默風趣的對話呈現出兩位主角如何面對自己的擔心，以及如何害怕與假工友李曼之間的衝突，令人發出會心微笑。而主角堅持到底、永不放棄的決心與毅力也很令人讚歎和佩服。

閱讀本系列小說能感受到與平日生活不同的閱讀想像空間，喚起讀者的公民意識，提升觀察力、邏輯思考能力及豐富的閱讀經驗，並進而提升寫作能力，是一套值得推薦的系列小說。

——新北市新店國小校長 吳淑芳

這裡有吸引青少年的元素：懸疑、推理、解謎、冒險，情節引人入勝，在在增加了故事閱讀的樂趣。這裡有啟迪青少年的內涵：

勇敢、智慧、正義、友誼，讓新世代對社會不再冷感，能促進仿傚學習的動機。這裡還有額外知識上的收穫：帆船、航行、建築、設計，帶領讀者進入較為陌生的領域，開拓視野。

而我更欣賞故事中流露的歷史感，主角對學校因了解而欣賞，因欣賞而認同，因認同而捍衛，是一種與歷史接軌產生的情感與責任，既不濫情、也不理盲。

——臺北市士東國小校長、兒童文學作家 **林玫伶**

故事一開始就以富有懸疑性的情節展開！六年級學生班傑明無意間捲入一場貪婪開發的利益爭奪戰，改變了他的日常生活。

具有兩百年歷史和地標意義的學校在議會上做成決議，將被拆除出售改建成遊樂園。收到看守人臨死前託付一枚從一七八三年就流傳下來的神祕金幣，讓班傑明了解自己的使命——他必須為學生捍衛受教權利而戰。然而面臨父母剛剛分居的他，在心煩意亂之間，如何和同學合力以小蝦米對抗大鯨魚，為守護學校而奮戰？

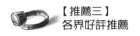

在安德魯・克萊門斯的生花妙筆巧妙安排之下，讀者將迫不及待跟隨故事發展持續閱讀，解開謎團！

——【童書新樂園】版主 陳玉金

十年樹木，百年樹人。當我們的下一代沒有公民意識，不在乎社會公義、環境保護，甚或是將來長大成為只在乎金錢、追求奢華的財團、財閥時，我們終將為這功利主義的一代付出慘痛的代價。

安德魯・克萊門斯的小說一向充滿議題。【學校是我們的】這一系列小說，以孩子的眼光討論關於政商結構、環境開發、社會公義等課題。面對危險的「挺身而出」，或是安全的「逆來順受」，主角班傑明和吉兒會做出什麼樣的選擇？大人和小孩看了都可以好好的上一課。

——親子作家 **陳安儀**

一枚從工友金先生手中接過的金幣，使書中主角班傑明「為學校而戰」的信念開始萌芽。捍衛學校的過程中，他不僅體察到對自我、對環境複雜的感受，並一步一步釋放主觀的對錯評價，更從學校創辦人歐克斯船長與吉米、湯姆、羅傑等工友對學校存在的堅持中，學習到金錢與權勢並非幸福的絕對要件。

學校是傳授知識和價值體系的場所，安德魯．克萊門斯巧妙的藉由班傑明守護學校的系列故事，闡述了守護存在時間之外的永恆，而「信心帶來改變」的美好價值也在其中不言而喻了。

——臺北市興華國小教師　**黃瀞慧**

一枚金幣揭開了橫跨兩百年的學校創校歷史。老校面臨被拆毀的命運，兩個孩子意外成為「學校守護者」，他們從被動到主動積極，使原本平淡無奇的校園生活，開始注入懸疑緊張、充滿探險精神的不凡經歷。

作者藉由主角班傑明表現出孩子的純真特質：

一、忠誠：願為理想而戰，始終堅定不移。

二、勇氣：以弱擊強，以小搏大，雖然害怕但謹慎行事且意志堅定不動搖。

三、承擔：願意為理想付出代價，雖然遭受超過負荷的壓力與

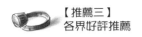

恐懼，仍勇往直前。

四、機警聰明：在謎霧中探索，發現關聯，一步步解開謎團，帶讀者經歷這推理解謎的過程。

——臺北市文化國小校長　**鄒彩完**

一枚古老金幣突然的出現，帶出一個古時候的怪異船長，他精心布下了五個關鍵性的謎語，在一所即將消失的學校裡，引發了兩個熱血少年投入了一連串懸疑、推理、冒險、突圍的行動裡。

傳說和歷史糾結，親情和正義矛盾，一對勇於冒險的心靈，在面對千迴百轉的疑慮與挫折中，慎重的思考著如何平衡家庭的親情，腳踏實地的處理法律的幽暗難題，再進一步去護衛環境與土地的正義。原來夢不遠，就在心裡，就在日常的行動裡。

在擔心中，忍不住一頁一頁的看下去；在疑惑中，不禁想著事情原來可以換個方式來處理。在這一系列小說中，為著美麗的海岸，為著屬於孩子們的學校，為著保守美麗的夢想，我們學會了堅持，更學會了思考和判斷的能力；我們學會了實踐，更學會了細心探索與按部就班的行動。

——新北市私立育才雙語小學校長 **潘慶輝**

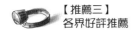

【前言】
給中文版讀者的一封信

親愛的讀者朋友們：

以前我寫過一些故事連貫的書，不過，【學校是我們的】這個系列是我第一次計畫好一個長篇故事，並且已經預先知道要把它分成五集來完成。這樣的寫作計畫和寫一本獨立的小說（單本有開頭、中間和結尾）是不一樣的。系列裡的每一集都要有自己的開頭、中間和結尾，每一集本身則必須是一個完整而圓滿的故事；然而，每一集卻也必須在這整個長篇裡往前並往上推進這個故事，一直推進到最後一集的最後一刻。

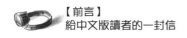

這個系列的寫作想法是緣於我對老事物的喜愛，像是老建築、老工具、老機器、帆船、寫字用具、導航器材等等。這個故事的核心問題是：搶救一棟即將被拆除且土地將被變更為商業使用的歷史建築。這是目前全世界都在面臨的掙扎。我非常喜歡今日人們在各個領域創造出來的新發展，但是，我仍然希望我們可以在創造這些進展的同時，不要毀掉過去留下來的美好事物。

我希望它是個冒險故事，是過去的冒險，也是現代的冒險。我試著把書中的角色和事件寫得更有真實感，像是會在現實中發生。就在上星期，有一對住在加州的夫妻在他們家後院挖掘出八桶一共價值一千萬美元的金幣。這件真實人生中的尋寶奇遇如此驚人，比較起來，我虛構的這些角色所做的精彩冒險，簡直太乏味了！

我在寫作時總是問自己：如果孩子、家長和老師讀了這本書，讀完之後會不會覺得花的時間很值得？我要很高興的說：對於這五本班傑明・普拉特的冒險故事，我相信答案是肯定的。

獻上我所有最美好的祝福。

安德魯・克萊門斯

二〇一四年三月

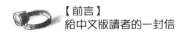

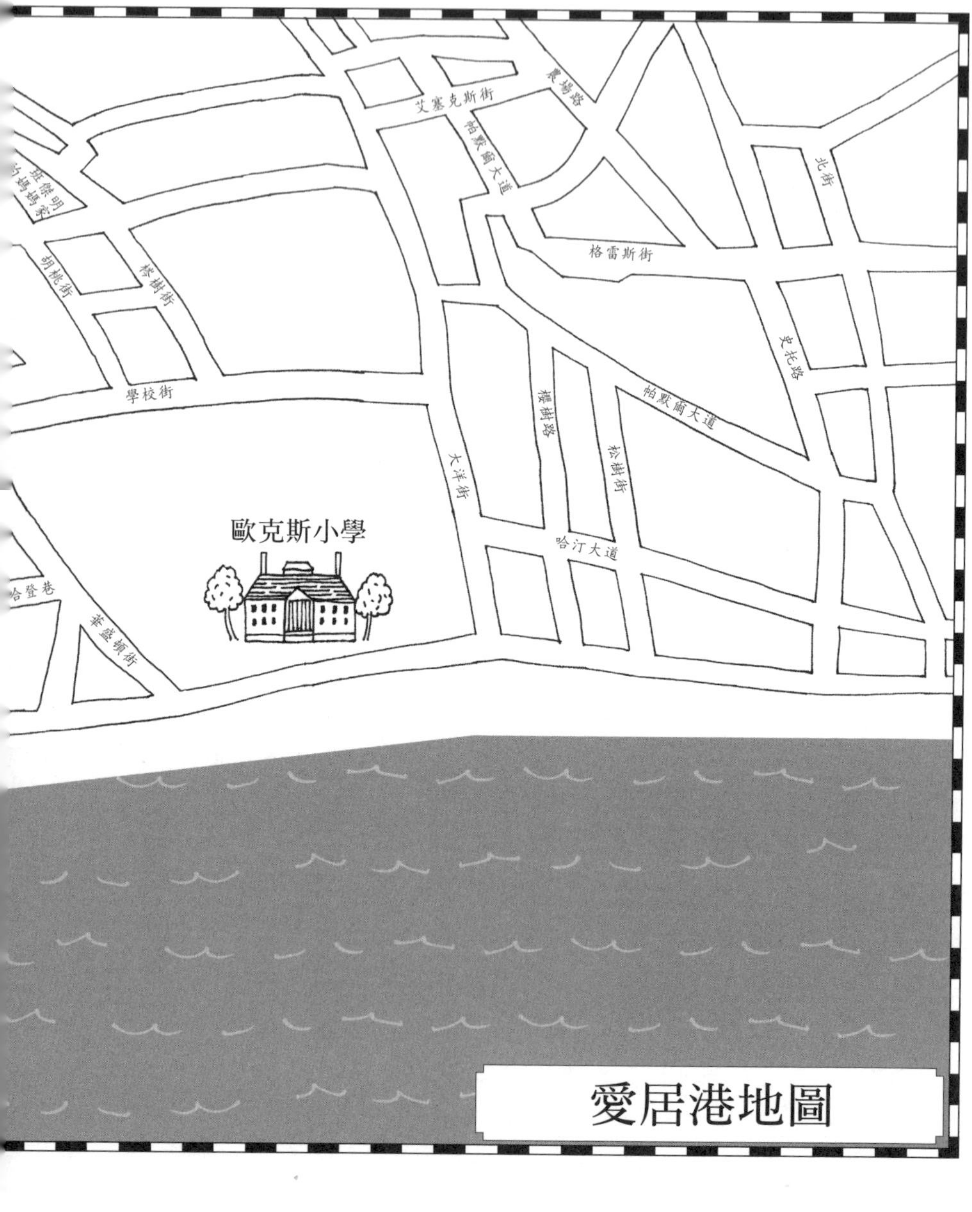
艾塞克斯街
農場路
帕默爾大道
北街
格雷斯街
班傑明
媽媽家
胡桃街
史托路
學校街
帕默爾大道
櫻樹路
松樹街
大洋街
歐克斯小學
哈汀大道
哈登巷
華盛頓街
愛居港地圖

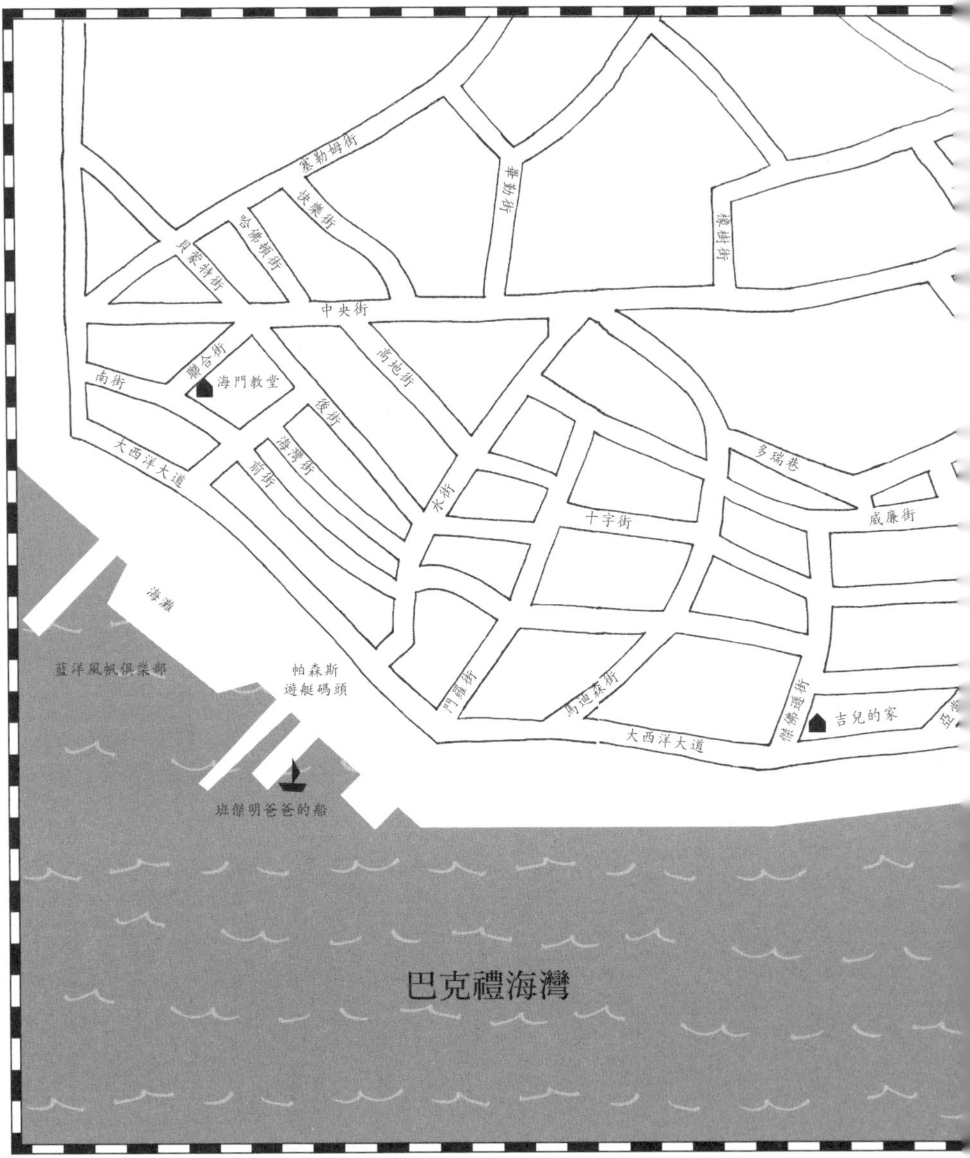

塞勒姆街
華勒街
樣樹街
快樂街
哈佛頓街
貝蒙特街
中央街
高地街
聯合街
海門教堂
南街
後街
海灣街
大西洋大道
前街
水街
多瑞巷
十字街
威廉街
海灘
藍洋風帆俱樂部
帕森斯
遊艇碼頭
門羅街
馬迪森街
傑佛遜街
吉兒的家
大西洋大道
班傑明爸爸的船
巴克禮海灣

1 惡作劇

星期一早上七點五十五分，班傑明・普拉特躲在一大叢杜鵑花裡。那叢矮樹離步道大概三公尺，這條步道通往歐克斯小學後方相連的新大樓。班傑明會這麼做是因為他知道再過幾分鐘，羅伯・傑瑞特會經過這裡去上學，到時候他要跳出來，把羅伯嚇得暈頭轉向。

這樣做有點蠢啦，但班傑明不在乎。好玩嘛……而且，羅伯總是表現得那麼嚴肅。嚇人一跳這種老把戲可能會讓這傢伙放鬆一點。

現在似乎不適合四處閒混……不過也算是某個特殊時機。沒錯，葛林里集團還是計畫在這星期把歐克斯小學鏟成平地；沒錯，吉兒、羅伯和他只剩下兩天半來阻止這一切；沒錯，他們今天只要一進學校，剩下的時間就會危機重重、充滿壓力又緊張萬分。但是現在，就是胡搞瞎搞的時刻啦。

緊接著有個東西引起班傑明的注意，是新大樓後方那扇通往遊戲場的門。

那是……？沒錯！

是瓦力，他埋伏在走廊上。

瓦力和他的老大李曼先生都是葛林里集團的手下，但他們同時也擔任學校工友，所以每天都會在這棟大樓裡。

他們並不確定班傑明、吉兒和羅伯想怎麼做，而且他們肯定不知道這三個小孩屬於一個叫做「學校守護者」的祕密組織。他們也不知道守護者們已經掌握了一連串線索，而且鎖定了幾樣東西，那是這間學校的創辦人在十八世紀就隱藏到現在的事物，是歐克斯船長希望用來保衛自己遺志的安全保護裝置。

不過，這兩個冒牌工友**確實知道**這些小孩正在學校裡尋找**某個東西**，而且這些小孩反對葛林里集團把學校拆去建主題樂園。所以，這兩個人就是要監視他們，每一天，從早到晚。

門上玻璃的反光讓班傑明必須瞇著眼睛才能看清楚瓦力，不過那個男人就在那裡沒錯。嗯……那又怎樣？難道就因為這樣放棄鬧羅伯的機會嗎？才不呢！

班傑明在飆汗。今天會是個大熱天，現在的溫度大概已經二十七度了，而且非常悶，但他試著忽略掉這不舒服的感覺……還有那些在粉紅和白色花叢間飛來飛去的大蜜蜂。

已經七點五十八分了，他看到兩輛公車轟隆隆的開進車道。接著他往左邊看，發現羅伯了。他從學校街的那條步道朝著學校後方走過來；他低著頭，不知道在想什麼，走得飛快，像在趕時間，就像平常那樣。

班傑明再蹲低一點，準備要跳出來像瘋子一樣尖叫。

但是，在他正要行動之前，新大樓那扇後門打開了，瓦力衝了出來。那個矮壯的男人快步穿過操場，站在羅伯前面。羅伯非常驚訝的抬頭看著他。

班傑明的位置不夠近，聽不到那男人說什麼，但五秒之後他清楚看到羅伯的反應。羅伯竟然把瓦力推開！之後他從瓦力身邊走過，大喊：「你根本什麼都不知道！」

羅伯往前走得很快，繞過新大樓，走向學校舊大樓，混進一群剛下公車的同學之間。瓦力注視著羅伯一陣子，然後不懷好意的看看學校前庭，之後就迅速回到他剛剛出來的那扇門裡。

班傑明坐著不動大約有半分鐘，整個人震驚不已。接著他從杜鵑花叢間後退，走到華盛頓街上，最後站在學校前面臨海的牆邊。

巴克禮海灣風平浪靜，一點漣漪也沒有。遠方的海上有一艘船升起一股灰黑色的煙，不過班傑明沒注意到，也沒聽到海鷗在他頭上盤旋，並在沉靜的早晨空氣中尖聲鳴叫。

他覺得剛剛好像看到一件重要的事。為什麼瓦力想要和羅伯私下談話？

還有，到底瓦力說了什麼讓羅伯做出那種反應？

嗯，現在就發簡訊給傑瑞特，告訴他我都看到了，問問究竟是怎麼回事……

不過，可能等一下他們見面時再處理比較好。因為第二節課是語言藝術課，他一定會見到羅伯。如果那時候也不適合談，他們可以午餐時再說。

因為我不想讓傑瑞特覺得我在監視他什麼的……

再說，羅伯搞不好會在導師時間就發簡訊給他，跟他說這件事。

對，還是等一下好了。

2 上了軌道

「我可以說幾句話嗎？」

「不行，吉兒，**不行**！你閉嘴就對了！」

這是吉兒第三次打斷他，羅伯快瘋掉了。

因曼老師也快瘋了。再過兩天，學期就要結束，她不希望在星期一下午的社會課出現任何騷動，而且教室裡的氣溫逼近三十二度，簡直是火上加油。

她瞪著吉兒。「五分鐘後換你說，現在請保持安靜，**拜託**！」

吉兒不退讓。「但是因曼老師，他之前同意的不是這樣！現在最重要的不是學校歷史這個專題計畫。他們星期四就要把這個地方拆了，這會影響到整個愛居港鎮！**這**才是我們必須談的！」她指著羅伯。「而且，是他說我們可以在班上來場辯論，就不用做什麼口頭報告啊。可是現在傑瑞特卻搶著要再拿一個蠢A^+！」

因曼老師站了起來。「吉兒，夠了！」她看著班傑明。「你也是這個計畫的成員之一。吉兒剛說的是真的嗎？你們三個人已經同意要辯論了嗎？」

班傑明點點頭。「不過羅伯不想。可是我們投票了，二比一。現在羅伯不想遵守約定。」

「好！」羅伯大吼，他的臉幾乎都紅了。「你們要辯論嗎？來啊！**我**說，這間破爛老舊的學校應該要拆掉！**我**說，這裡是時候改變了；**我**說，那個「大船樂園」主題公園會給愛居港帶來活力！而且我還要說，這場辯論真的很愚蠢，因為不管誰說什麼，新的主題樂園就是會**蓋起來**！」

兩秒鐘之內，吉兒已經站在教室前面，當著羅伯的面握起拳頭。

「**會**蓋起來不表示它就**應該**被蓋起來！而且，**那**就是我們要辯論的主題，你這個笨蛋！」

因曼老師迅速站到他們中間。

「**不要吵了**——否則你們兩個都去校長室冷靜一下！聽到了沒？」

兩個人都在嘴裡唸唸有詞。因曼老師繼續說：「好，如果要好好做一場辯論，就要有規則。」她一邊用手指比著，一邊說：「第一，不可以吼叫、不可以侮辱別人。第二，你們必須舉出事實來支持自己的論點。第三，由**我**來當計時的人，如果我說誰的時間到了，就**不可以**再說話。同意嗎？」

兩人都點點頭。

因曼老師轉身說：「班傑明，我不確定在這個新架構裡你得置身在哪個位置，你怎麼想？」

「嗯……」他聳聳肩，看起來有點搞不清楚狀況。

但班傑明才沒有搞不清楚狀況，他清楚得很。

到目前為止，社會課一切都上了軌道，就跟吉兒、羅伯和他所計畫的一樣。

3 不是開玩笑

班傑明試著同時注意六件事情，而且還要保持他的腦袋不會在高溫之下爆炸。一滴汗水從他臉頰旁邊流下來，他將它抹去。

現在真的**感覺**像是學校的最後一週了，六月的熱浪，三十二度，而且很悶，只有微微的風從西南方吹來。這表示學校前方十五公尺處的清涼海洋並沒有幫上什麼忙，除非你真的泡到海水裡……或是開船出海。班傑明好想去開帆船，想到連嘴裡幾乎都可以嘗到鹹鹹的海水味。不過，那其實只是更多的汗水罷了。

他強迫自己專注手邊的事。

辯論差不多要結束了，吉兒表現得很好。羅伯也很棒，他就是一個口出狂言的呆瓜，完全是激情演出，不過很有說服力。整個班級都全心投入在這個議題的正反意見中。

就班傑明看來，這場辯論平分秋色，這也是他們的計畫。吉兒主張歐克斯小學不應該被拆掉，她解釋了為什麼在巴克禮海灣蓋一座大型主題樂園是個很糟的主意。至於羅伯，他舉出這座新遊樂園可以帶給愛居港和整個海岸地區莫大好處的所有理由，而且辯論雙方都有很多機會可以質問對方所提出的事實和主張。

現在因曼老師再次跳進來主導。「好了，辯論的時間到此為止。謝謝你們兩位。我想我們現在對這個議題都有更深入的了解……」

「是啊，」羅伯插嘴說：「不過那不重要了，因為這地方就要被拆掉啦，我剛剛就說過了。」

教室裡響起一陣笑聲，因曼老師嚴肅的皺起眉頭，笑聲才停止。

她瞪著羅伯說：「辯論正式**結束了**……聽清楚了嗎？」

班傑明忍不住微笑。羅伯敢這樣大發厥詞實在太勇敢了，他可是冒著被扣分的危險，而這是他最痛恨的事。

在因曼老師要提別件事之前，班傑明趕緊站起來跑到全班前面。他現在看起來可不迷糊了，比較像是幫自己找到一份工作的樣子。

「嗯，因曼老師？我可不可以很快在班上做個調查，有一點像做民調那樣，算是我們報告的一部分？」

「好吧……但是不要太久喔。」

他轉頭對著全班，然後低下頭看著他的寫字夾板。「那麼，有誰認為那個新主題樂園對愛居港來說是好的？可以舉手讓我看看嗎？」

有一半以上的人舉起手來，班傑明必須隱藏住自己的驚訝。羅伯也假裝支持遊樂園，做得真好……這傢伙確實知道該怎麼說話，該怎麼思考。

班傑明說：「那麼，有誰認為歐克斯小學的建築物很重要，不應該被拆掉？」他寫下數字，只有十個同學舉手。

「有多少人非常同意剛剛吉兒說的話？」只有七個小孩舉起手。

「好的。最後一個問題。有多少人非常同意羅伯剛剛所說的？」

他又在紙上做了一些記錄，然後說：「現在，我想要請那些非常同意吉兒的人到教室後面來做進一步討論。可以嗎，因曼老師？」

她看著時鐘，皺起眉頭。

班傑明很快補充說：「只要幾分鐘就好，我保證。」

因曼老師嘆了口氣，不過還是說：「好……去吧。」

班傑明和那群人一坐到後面的角落，吉兒又掀起辯論戰火。

「喂，」她對羅伯說：「我**還是**不懂，為什麼有人會認為一個吵雜的超大型遊樂園對愛居港會是好事。那真的是……笨透了！」

羅伯說：「是嗎？哼，說不定笨的人是你啊！」

兩個人又爭執起來，而且比之前更大聲，這次有很多同學也加入了，而且大部分是站在羅伯這邊。

班傑明看到因曼老師在盡力控制好這場討論，但她已經決定放棄處理吉兒和羅伯了。她心裡明白，這堂課已經暴衝了。

不過，班傑明現在要扭轉整個情勢。

他坐在椅子前緣，還是表現得像在做民意調查，不過如果仔細觀察，就看得出來他有多緊張，也看得出他緊緊抓著寫字夾板，緊到手指指節都變白了。

七個同學瞪著他看，三男四女。他本來以為會有更多人……七個人，連全班三分之一都不到。他很快的看了一下時鐘，第五節課只剩十分鐘了。

班傑明嚥了一下口水，試著微笑，並謹慎的看著這些同學的臉。

「好，這是接下來的第一個問題：如果你知道還有方法能夠阻止主題樂園的興建，你會想要幫忙嗎？請舉手。」

七個同學都立刻舉起手，班傑明假裝寫在夾板上。

「好……下一個問題：如果幫助歐克斯小學會讓你惹上麻煩，那你還願意幫忙嗎？請誠實的回答。」

七個人還是全都舉手了，不過有一點點遲疑。

現在他要問那個最危險的問題了，這個問題踰越了界限。從這時候開始，班傑明知道他不能再假裝只是做個問卷調查而已。

「好的。最後一個問題：如果你必須發誓才可以加入一個祕密組織，好阻止主題樂園的興建，這樣你願意發誓嗎？」

這個問題聽起來非常離譜，可能會讓這些同學發笑。不過，班傑明問這個問題的態度，一點都不像是在開玩笑，他的語調如此，表情也是如此。

甚至沒有一個同學露出微笑。

他們圍坐在班傑明身旁呈緊密的半圓形，幾個同學緊張的看一下這半圈的其他人，然後，七個同學全部舉起手。

班傑明立刻發下資料卡，悄聲唸出每張卡片上印的字句：

謹以最神聖的榮譽感宣誓
我會竭盡一己之力
讓歐克斯小學不被摧毀
並且發誓我所學與所做的這一切
都將完全保密
簽名：

他盯著每位同學的眼睛。「這不是在開玩笑。我請求各位宣誓，就在這裡，就是現在，加入『學校守護者』這個祕密組織。現在，請簽下你們的名字。」

時間停止了。班傑明感覺到自己的心跳，肺部的空氣感覺像被電到那樣刺痛。

同學們開始動作，他們很快的掏出原子筆和鉛筆，在卡片上寫下自己的名字。

班傑明恢復了呼吸。他又小聲的說：「羅伯和吉兒也加入了！」

他伸手去拿書包，發下便宜的手機。「不要讓別人看到。手機的背面有一個數字，把這個數字寫在你的名字旁邊，然後把卡片交給我，這樣我就知道是誰拿了哪支手機。如果可以的話，今天下午放學後請留下來，這很重要，只留十五分鐘也可以，一個小時更好。還有明天放學後，可能星期三也需要，雖然那天只上半天課，所以你們要想出一個可以留下來的辦法。你們會收到要怎麼幫忙的簡訊，每支手機都設定為震動模式，所以要把手機帶在身上。」

「我現在不能再多解釋了，不過最重要的是，你們**選擇**了幫忙。

各位，說真的，這實在**很了不起**！今天晚上某個時間，吉兒、羅伯或我會打電話把現在的進展跟你們說。要說的有**很多**，不過你們現在一定要知道一件事：小心李曼，那個高個子的工友；還有瓦力，就是矮的那一個，他們兩個都是為那家要拆掉我們學校的公司工作。這幾天我們必須在這棟大樓裡做些事，而他們想阻止我們。你們都會收到簡訊的，這樣可以嗎？」

每個人都鄭重的點點頭，把手機悄悄收起來，班傑明收回最後幾張卡片。他真希望可以拍下每個人的臉。蓋博・達頓看起來好像剛剛發誓加入ＦＢＩ之類的組織；珍妮・艾靈的臉色則像鬼一樣，但眼睛卻閃閃發亮。每個人都嚴肅看待這件事，這樣很好。

路克・巴頓往前靠，小聲的說：「那……這和你上星期在走廊那件事有關嗎？……那顆棒球？還是說，那是最高機密？」

班傑明笑了一下。路克上星期一有看到他用一顆棒球去敲一樓走廊上的柱子，想找出哪一根聽起來像是黃銅，而不是木頭。

「是啊，」班傑明說：「那**絕對是**這件事的一部分。不過，現在沒時間解釋每件事了……我們得回到班上，還要表現得像是什麼都沒發生過，好嗎？」

吉娜半舉起手，小聲的說：「嗯，還有一件事……我知道這樣問很笨……不過，要對我爸媽保守祕密嗎？」

班傑明說：「這問題一點都不笨。吉兒、羅伯和我，我們的爸媽都知道我們在做什麼，而且我們並不是在做什麼違法的事。至於你們爸媽那邊，你就要自己去試試看了。因為有些人真的很期待那座新的主題樂園蓋好，我是說有些大人……還有小孩也是。如果你爸媽是那樣子想，你可能就不應該告訴他們。不過，這點由你們自己決定……我相信你們。」

班傑明又看看每個人的臉，然後笑了笑。「我剛剛說過，我們會用電話與你們聯絡。你們真是**太棒了**，謝謝！」

這個小團體都站起來，開始走向教室前面。班傑明瞥見吉兒正在看他。

她揚起眉毛，只有那麼一點點，這表示她在質問。

班傑明對她微微笑，然後點個頭，也只點了那麼一點點，作為他的回答。

4 沉沒的感覺

班傑明、吉兒和羅伯站在因曼老師教室外的走廊。

「這裡是七個新加入的同學名單，還有我給他們的手機編號。我會盡快把這些整理成一封簡訊發給你們。」

喬依・史賴德　3

路克・巴頓　6

蓋博・達頓　5

馬丁・賈克比　1

珍妮・艾靈　2

吉娜．瑞勒　7

卡洛琳．艾略特　4

班傑明看著吉兒。她看著那份名單，嘴巴同時做出一個形狀，那是班傑明討厭的表情，這表示難搞的事要來了。

她說：「嗯……昨晚我們談到這件事，感覺還不錯，可是你看看這個名單，這些招募來的同學，我們幾乎都不認識，他們完全沒有經過測試，可能根本不能信任。」

「那麼，這樣想好了，」羅伯說：「如果到最後這裡面只有一**個人**有用，那我們在校內的戰力就增加了百分之三十三；如果有兩個能幫忙，那我們就比以前強百分之六十六；如果有三個，那我們的戰力就增加到百分之百。而且葛林里那些傢伙根本不知道他們，所以這裡每個新手都有**額外**的價值。可能的優點比任何可能的缺點要好得多。

我的意思是，就算他們全都倒向李曼，或是哭著跑回家找媽媽，那也沒關係。他們根本什麼都不知道，什麼細節都不了解，所以這是三贏局面。我是這麼想的啦！」

「完全正確，」班傑明說：「不過我還不確定今天放學後要做些什麼、要去哪裡、或是這些人可以幫什麼忙。因為我們知道李曼和瓦力一定會提高警覺。」

在吉兒或羅伯回答前，預備上課鐘響了。只剩兩分鐘，他們要趕到體育館上第六節體育課。

他們三個本能的轉身衝向樓梯。

班傑明在跳下樓梯時，試著回答自己的問題。關於今天的任務目標，他不太有把握。

這個週末簡直是一場災難，幾乎算是玩完了。星期六下午，李曼和瓦力弄破了三樓廁所的水管，這個把戲差點讓這學年的最後三天提早結束。如果那次攻擊成功的話，那絕對就是歐克斯小學的末日。這個地方會被水流沖壞，可能被市政府建築部門宣告為危樓。至少，那場水災會讓學校守護者無法再搜尋剩下的兩個保護裝置。但現在他們還有機會可以打一仗，還能夠出入這棟大樓，所以學期末最後這三天非常關鍵。

希望歐克斯船長知道自己在做什麼！

這不是班傑明第一次有這個念頭。

沒錯，歐克斯船長在學校裡藏了一些東西，如果有人想要拆掉這棟建築，把這塊臨海的土地挪作他用，船長希望可以用這些保護裝置來幫助保存這個地方。沒錯，他們已經發現的保護裝置非常厲害，包含一張船長遺囑的但書、一筆超過八千萬美元的信託基金，還有上週末才發現的共濟會古物，讓他們能得到愛居港共濟會大頭頭的支持，而這個人正好就是吉兒的爸爸。

不過現在整件事變得怪怪的，真的**超**怪的，因為這讓吉兒覺得必須讓她媽媽也知道這個祕密，然後班傑明也必須把守護者這件事和他爸媽說。所以現在有很多人在幫他們，但他們都是大人，只能在學校**外面**幫忙。在學校裡，只有他們三個，這也就是為什麼他們要找更多同學來加入。前三個保護裝置非常難找，有鑒於此，在短短幾天內要再找到兩個，想必更加困難。

羅伯本來想直接跳到第五條線索，也就是最後一個保護裝置……他們三人還為此大吵了一架。

是我讓傑瑞特閉嘴的，因為船長站在我這邊……還有吉兒也是。

歐克斯船長和他原本的守護者們留下了特定的指示，說要按照順序找出這些保護裝置；而且除非有必要，不能亂動這些東西。還有，在那片寫著這些線索的銅片上，有一個特別警告：「只有在絕對必要時才能去尋找最後一個保護裝置。因為只要它被找到，我們學校就會永遠改變。」他們在同一個地方找到的那把大鑰匙，上面也刻了類似的字句：「必要時才能用。」

班傑明穿過二樓的門，繼續往樓下衝，他無法拋掉那種所有一切都會解體的感覺。就算他們費盡千辛萬苦**真的**找到最後兩個保護裝置，就能阻止葛林里集團嗎？因為到目前為止，沒有一樣成功的，就連八千八百萬美元的信託基金也沒轍。而在這波悶死人的熱浪裡，好像做什麼事都更難了，包括思考。樓梯間簡直像三溫暖的烤箱一樣！

我真希望歐克斯船長知道自己在做什麼！

因為，這間學校感覺要沉船了。葛林里集團的戰艦正在逼近，破風啟程，準備好一次發射整排的砲彈。

而學校守護者做了什麼？不太多。

對於這七個新加入的同學，吉兒說對了嗎？他們能夠派得上用場嗎？現在真的不是胡亂招募人手的時候，他們需要的是真正有戰鬥經驗的老手，現在是拿出重裝備武器展現實力的時候……

班傑明突然停下來，吉兒和羅伯特冷不防的撞上他，差點把他卡死在一樓樓梯口的牆壁邊。

「普拉特，你幹嘛啦？」開罵的是傑瑞特。在吉兒還沒開口前，班傑明就說：「喂，我們不要去上體育課了！瓦力會在那裡，而且搞不好是李曼在那裡等著我們。這是一定的啊，所以我們要**蹺課**！」

羅伯看著班傑明的表情，好像他剛剛是在建議大家穿猩猩道具服去搶銀行一樣。「你**瘋了嗎**？老師會發現啊！」

「那又怎樣？」班傑明說：「哪件事比較重要？是學校能不能留下來，還是出席率這種小問題？」

對於這個說法，羅伯並不滿意，不過他說：「那……我們要躲在哪裡？」

「我們沒有要躲在哪裡，我們要去募集更多力量。」

吉兒睜大眼睛看著他，高溫再加上用力，使得她臉色漲紅。「不行——除非我們確定找其他人來會有幫助！**不要**再招募更多同學了！」

班傑明轉身上樓，露出笑容。「誰說要找同學的？」

5 新生力軍

「這故事還真不賴，班傑明。」

「我只講了一些呢，因曼老師！還有很多，可是……」

因曼老師舉起手。「你的意思是，李曼先生是替買下學校的那間公司工作？還有，你們三個祕密對付他快一個月了？」

「還有那個矮個子的工友，」吉兒說：「瓦力也是在為葛林里集團工作。」

因曼老師沉默了一下，班傑明看到她恍然悟出些什麼的表情。

「所以……你們在進行的那個大型專題計畫……？」

羅伯說：「那是讓我們可以方便進出學校的方法……不過我們真

的想要得到額外加分。各位，是吧？」

班傑明不理傑瑞特，繼續說：「聽起來很瘋狂，但都是真的。而且只要幾分鐘，我們可以把拿到的東西給你看，那些都是證據。不過，要請老師先幫我們一下，而且現在就要。」

因曼老師搖搖頭，拿出一疊亮黃色的通行證。

「我能夠幫忙的，就只有讓你們在第六節課可以出公差。我真的不能……」

「可是，難道你不想讓學校保持它該有的樣子嗎？」吉兒問。「我以為你在乎**真實的**歷史、在乎這個城市！」

因曼老師對吉兒板起臉孔。「小姐，別以為我贊成這件事！兩年前我和我先生在距離這裡七個街口的地方買了房子。我愛這所學校，但現在搞得我不能走路上班，還得要買第二輛車子；還有，我們的房價跌到海裡去了。所以，在不在乎這件事，不用你來教訓我！」她停了一下，臉頰轉紅。「我……對不起……不過我只是覺得我能做的不多，即使你們說的都是真的。」

班傑明說：「關於這點，你很快就能證明了。噓……你們聽！」

每個人都僵住不動，他們從教室門口聽到沉重的腳步聲正在樓梯間迴盪。

班傑明看著因曼老師的眼睛，悄聲說：「如果有個所謂的工友，恰好在**這個時候**來你的教室查看，這會是巧合嗎？」然後，他對吉兒和羅伯說：「快，躲到櫃子裡！」

在幾秒鐘之內，他們三個就擠進教室後面掛大衣的櫃子裡。吉兒抓住櫃子內側門板上的掛鉤，把門關上。

班傑明被夾在中間，盡力保持不動，也努力不要流汗，但這根本不可能。況且他還是得呼吸，於是就聞到了吉兒頭髮的味道——水果香味的洗髮精……也許是草莓吧。然後他又聞到傑瑞特的腋下散發出一陣氣味，實在是大殺風景。他差點要小聲說：「老兄，你需要噴強效除臭劑啦！」不過，他可不想冒著爆出一陣嘻笑的風險。

教室門上輕敲了幾下。

「請進，」因曼老師說：「噢……嗨，傑若。」

「對不起，打擾你了，不過我想來確定上週末那次水災之後，這裡沒有任何電路損壞。你介意讓我看看牆上幾個插座嗎？」

「當然不介意啊。」

班傑明聽到悶悶的噹啷聲，是李曼的帆布工具袋。接著是一陣窸窣聲、喀噠幾下，然後是電子儀器發出很大聲的嗶嗶響。

李曼哼了幾聲，然後又是另一陣嗶嗶響。

「看起來應該還好。那天花板的電燈有沒有什麼問題？」

「沒有，都很好。那麼……你要檢查所有教室嗎？」

「我盡量囉，這幾天都要加班工作。好啦，」李曼說：「幸好都沒問題。」

「是啊，是啊。謝謝你了，傑若。」

是腳步聲，然後班傑明聽到教室門關起來了。

吉兒悄聲說：「我不能呼吸了……現在可以出去了嗎？」

班傑明感覺到她正要推門。

「**停！**」他輕聲喊著。

是李曼的聲音。「對不起，我忘了拿尺。」

「沒問題。」

腳步聲進來，又出去，然後門又關上。

班傑明輕聲說：「數到三十。」

差不多數到二十幾秒，因曼老師輕輕的說：「他走了。」

班傑明跟著吉兒進入光線之下，他眨眨眼，看到老師站在教室的門旁邊，門是關上的，她還看了看走廊兩側。

她斜眼看著他們三個，揚起眉毛說：「他沒有去其他教室。你們去坐後面，不要在門口這裡。」

因曼老師拉來一張椅子，說：「好，全都跟我說吧，然後告訴我需要做什麼。只要不犯法，**算我一份！**」

6 全體成員

班傑明一一看著每個人的臉。「好，現在大家明白我們每個人要做的事了嗎？」

吉兒和因曼老師點點頭，傑瑞特說：「清楚得很！」

第六節課躲在三十四號教室，他們想出了星期一放學之後的行動新方案。因曼老師提供了一些不錯的想法。確切來說，她現在要扮演一個重要的角色。

他們把一切從頭到尾都跟她說了，而且羅伯還給她一支新手機，編號八號。這下子，她和「守護者」網絡完全接軌了。

不過，在這個上學日的最後一聲鐘響快要響起時，班傑明腦袋裡升起新的疑惑。

沒錯，把因曼老師拉進守護者行列是他的想法……但他現在卻不確定自己對這件事的感覺。

現在又多一個大人要面對了！

想到這裡就有點生氣，連他自己也嚇到了。

這……我這是什麼意思啊？難道我是擔心更多大人加入後，我就不再是那個最重要的一員了嗎？也就是說，我擔心如果守護者真的有什麼好結果，也許其他人會把功勞都占走嗎？

他坐在吉兒和羅伯之間，幾乎都要臉紅了。

我真的那麼自私、膚淺？還有……那麼有野心？

班傑明知道有關戰爭的事，也知道那幾場改變歷史的戰役，例如哈斯丁斯之戰❶、滑鐵盧之戰❷、約克鎮之戰❸，當然還有蓋茨堡之戰❹。他知道指揮官會獲得最大的榮耀，或是背負最大的罵名。他也知道**自己**在守護者中的領導角色似乎漸漸溜走了……至少是被稀釋了，而且還被稀釋**很多**。

班傑明也很清楚，過去這一個月來，在歐克斯小學裡裡外外發生的事，可以說是「愛居港之戰」。這個城鎮在這裡展望大西洋長達三

---

❶ 哈斯丁斯之戰（Battle of Hastings）發生於一〇六六年。當時法國諾曼第公爵威廉率領大軍橫渡英吉利海峽，於英國東薩塞克斯郡的哈斯丁斯與英軍交戰，法軍獲勝，自此英格蘭開始深受歐陸影響。

❷ 滑鐵盧之戰（Battle of Waterloo）發生於一八一五年六月，是拿破崙戰爭中最後一場戰役。此役由英國與普魯士王國為主的聯軍在滑鐵盧打敗了法國拿破崙一世，決定了拿破崙帝國徹底的覆滅。

❸ 約克鎮之戰（Battle of Yorktown）發生於一七八一年，由喬治·華盛頓率領的美軍和羅尚博伯爵帶領的法軍，聯手圍攻困守在維吉尼亞州約克鎮的英軍，最終獲得這場美國獨立戰爭的決定性勝利。

❹ 蓋茨堡之戰（Battle of Gettysburg）發生於一八六三年賓夕法尼亞的蓋茨堡及其附近地區，是美國內戰中最血腥且關鍵的一場戰役，此役終結了南軍的李將軍第二次、也是最後一次入侵美國北方各州。

百多年，在這麼長的歷史中，這場戰役是關鍵的一章。接下來這幾天的行動，將會對這個鎮以及整個地區的未來產生極大影響。

所以……從這當中，我到底想得到什麼？

改變無可避免，這一點班傑明很確定。

僅僅兩個月前，他的爸媽宣布說要分開一陣子，說有些事情他們要釐清。從那時開始，班傑明就一週和媽媽住在胡桃街的家，另一週和爸爸住在帕森斯遊艇碼頭的舊帆船上。他已深深體會每件事被從頭到尾來個大翻盤的速度有多快。

所以……我到底想要什麼？

班傑明很清楚答案是什麼。

他想要和以前一樣；他想要家庭團圓，全家人，媽媽、爸爸、狗狗尼爾森，還有他，原班人馬，每天晚上都同住在一個屋簷下。他也想要學校和以前一樣。失去這間學校會改變太多事，他的人生、這個鎮的面貌，有很大一部分會永遠消失。

然而，假裝所有的事都會和以前一樣是沒有用的，因為那根本就不可能發生。

改變是無法阻止的……但是人們總是可以有所選擇，不是嗎？即使改變被推到你頭上，被爸媽、一群聰明的律師和商業間諜推過來，但你還是可以選擇；你可以選擇放棄，或接受其他人對改變的意見；或者，你可以為你所相信的改變而對抗。

那麼……我想，守護者們也在改變吧，因為我們必須這麼做。

連父母和祖父母都加入了，還有一群新同學，也許他們之中有些人真的會去跟他們的爸媽說……想到這裡，**有件事**突然變得清楚明白。今天社會課之後，羅伯說新的守護者會去告訴「媽咪」，那是在諷刺，把他和吉兒一起酸到了，因為他們兩個都跟爸爸媽媽說了。

星期天下午，吉兒對羅伯很兇，她要他不要對家庭方面的事那麼敏感。但這也難怪，畢竟羅伯五歲的時候，爸媽就死於一場車禍……這是班傑明無法想像的。羅伯似乎有比較開朗一點，不過那是昨天的事，今天他還是那個老樣子，尖酸刻薄。

還是說……今天的轉變，多半是因為在上學前碰到了瓦力？

班傑明還沒有找到機會和羅伯談談這件事。感覺上，羅伯好像整個早上都在避著他；午餐的時候他也只說了兩個字，其中一個字是：

「哼……」

行不通的，羅伯今天真的是鐵板一塊。

不過，他不在乎羅伯怎麼想，也不在乎他說「告訴媽咪」的時候有多酸。班傑明很高興自己有告訴爸媽，因為現在爸媽兩人又會跟對方說話了。

因為他們兩個都想幫我。

而且吉兒把她媽媽也拉進來，顯然是件好事。說真的，要不是艾克頓太太，今天下午要從哪裡開始搜尋，他們是一點頭緒也沒有。因為吉兒星期六早上已經把保護裝置的線索都跟她媽媽說了。

五聲鐘響後，請你來入座。
四乘四之後，再上踏一步。
經過三個鉤，一個是黃銅。
潮水轉兩圈，有人走進來。
一顆靜止星，地平線遠去。

吉兒也向她解釋他們是如何解開了前三個線索。這很重要，因為這些解答一步步顯示歐克斯船長在安排這個計畫時的思路。艾克頓太太真的有抓到要點，她領悟到每個線索都有各自的意義，雖然隱而未見，不過大部分都藏在容易看到的地方。

而且，她一看到下一個有待解開的線索是「潮水轉兩圈，有人走進來」，她立刻就想到說：「我猜，那一定和潮汐水車有關！」

她對吉兒解釋，從美國殖民時代開始，大西洋沿岸就蓋了大約三百個潮汐磨坊。

潮汐磨坊的原理很簡單。例如，在巴克禮海灣，滿潮線和低潮線的差距大約是三公尺，而每天有兩次漲潮、兩次退潮。要蓋一座潮汐磨坊，工人得先挖出一個壕溝，漲潮時讓水灌進壕溝。也要挖一個池子來容納這些海水，漲潮時海水填滿池子之後，就要封閉壕溝，不讓水流出去，水位大約會比退潮時高出三公尺。大約過了六小時後的退潮時間，再打開壕溝，讓池子裡的海水回流到大海。這些降下來的水被導引到一個水車上，水車轉動的力量就可以用來推動織布機、鋸木頭的刀具，或是推動石磨以磨出麵粉。

但因為學校被水淹了，吉兒沒空把這個潮汐水車的想法和其他人說。一直到星期天傍晚她發出簡訊之後，湯姆．班登立刻發訊息回覆大家。

又是個大人……

湯姆是歐克斯小學很久以前的工友，還是金先生前一任。找班傑明來領導這群學校守護者的人就是金先生……後來，他當天就死了。

那也是個大人……

湯姆在簡訊裡說，他記得金先生曾告訴他，學校地下室有個木造的水車。

班傑明立刻打電話給湯姆詢問細節，不過他並沒有提供什麼其他資訊，除了有一點很重要：

「我說那水車在地下室，是嗎？其實我的意思是，那是在地下室的**下一層**。」

「學校有**兩層**地下室？」班傑明問。「我們在圖書館看到的建築圖，只畫出一層啊。」

「沒幾個人知道下面還有一層啦！」

「那要怎麼下去？」

湯姆慢慢的回答。「嗯……我不太清楚。我從來沒有下去過，不需要啊！我好像記得羅傑說，入口在大鍋爐旁邊……或是在東側那道牆邊……我想你得到處找找看了。」

和湯姆講這通電話的時候是星期天傍晚六點，一直到晚上九點之後，他和吉兒、羅伯才想出招募其他同學在校內幫忙的計畫。

這些念頭在他腦袋裡轉呀轉，但班傑明立刻恍然大悟，自己怎麼這麼笨，之前都沒想到呢？這種事，已經是第一百次了。在金幣上，歐克斯船長寫著：「我的學校由始至終屬於孩子們。」但他把金幣交給了誰？一位大人，第一任工友。還有，他和吉兒在踢腳板後面找到的那面銅片上也寫著：「我們這些孩子，永遠都會是學校守護者。」

而這句話後面還有三個小孩的簽名。可是，蓋出學校的不是小孩，藏這些保護裝置的也不是小孩；過去兩百年來，付稅金讓這所學校營運下去的也不是小孩；做這些事情的，都是大人！

但是……為什麼船長會找了三個小孩從一七九一年開始就參與這件事呢？還是說……這是船長自己下的決定？也許是那位木匠約翰．范寧決定要找自己的兒子和兩個小孩來參與……

思考這些事讓班傑明的腦袋開始發暈……還是說天氣真的太熱了呢？總之，如果他、吉兒和羅伯，加上其他所有人，能夠讓學校不被拆掉，那之後就會有很多時間可以來研究並回答這些問題。因為，歷史從來都不是那麼的簡單。

鐘響了，第六節課結束。

不能再想什麼歷史了，現在該去創造歷史囉！如果因曼老師這個學校守護者的最新生力軍可以執行她在今天計畫中的角色，那他、吉兒和羅伯就要展開一項大膽的任務了。

要找出這個隱藏的潮汐磨坊，他們必須進入地下室的下層。要到地下室，就得走進敵人的中央總部——工友工作間。

7 插座妙招

最後鐘響過三分鐘，羅伯發一封簡訊給七位新加入的同學：「可以告訴我李曼或瓦力在哪裡嗎？」這是第一次測試他們的訊息傳遞系統，這些拋棄式手機是湯姆．班登星期天晚上在塔吉特百貨買的。

有五個同學幾乎立刻回覆訊息。其中兩個說不知道，但有三個傳回好消息；馬丁和吉娜報告說，李曼在一樓，站在南面樓梯間附近；蓋博則看到瓦力也在一樓，在北面樓梯間附近掃地。

班傑明笑了。葛林里花錢雇來的打手要來堵這三個蹺了體育課的小孩。李曼和瓦力之前就開始使用無線電通訊，而他們所站的位置可以監視舊大樓一樓全部四個走廊。

班傑明現在像將軍一樣的思考，他說：「我們要讓李曼離開那個地方，這樣我們才可以進工友工作間。」

因曼老師微笑著說：「我能讓他在五分鐘之內就到這間教室來。我保證！」

她走到門邊牆上的校內分機按下按鈕。

「你好，有什麼事嗎？」是韓登太太，學校的祕書。時鐘下面的老舊麥克風讓她的聲音聽起來有點模糊。

因曼老師回答：「嗨，瑞塔，我知道這時候你忙得很，但我需要幫忙。請你讓傑若來我這裡一趟好嗎？今天下午他檢查過我教室裡的電路，但現在我用來插數位投影機的插座壞掉了，但我明天第一節課就要用到。或者請他拿個大條的延長線給我也可以。不過我還是擔心插座，我一直覺得好像聽到什麼聲音，像是劈啪聲之類的。我想，如果你能找到他，還是請他趕快過來一趟比較好。」

「茱恩，聽起來有點嚴重喔，我會叫他盡快過去！」

「謝謝，那他要過來的時候，可以請你回覆我嗎？」

「好啊！」

韓登太太沒聲音了。

「太好了！」吉兒說：「你說聽到奇怪聲音，實在很天才耶！」

羅伯皺起眉頭。「呃，我覺得那很白……」

班傑明發現，傑瑞特這時才突然警覺到他在跟老師說話！他的臉紅了一些些，然後說：「因曼老師，我的意思是，說那些之前，還是再解釋一下可能會比較好。因為李曼才剛剛檢查過插座，並**沒有壞掉**，如果他來之後發現插座還是沒壞，那會讓他起疑……我看到的只有這個問題啦。」

因曼老師好像沒在聽他說。她在移動，把桌子推這推那的，並在靠近教室中央的地方清出一個空間。

她伸出手指。「吉兒和羅伯，你們去把那張小桌子搬過來好嗎？把地球儀放在角落的地板上就好。還有，班傑明你去後面那裡、就是衣櫃左邊那個櫃子裡，把投影機拿出來。」

桌子擺放好之後，她說：「羅伯，把我桌子後面的投影布幕放下來……好。」

羅伯不習慣被忽略。「嗯……因曼老師？那個插座……」

班傑明說：「我這裡沒看到投影機哩！」

「我剛剛是說左邊的櫃子嗎？應該是**右邊**才對。哎呀，我每次都會這樣！」

班傑明找到了，把投影機提到小桌子上。

羅伯說：「因曼老師，我真的認為插座會是一個問題。也許我們應該……」

室內分機的擴音器劈啪響了，接著是輕輕的叮一聲，是模仿學校辦公室那個船鐘的錄音。

韓登太太說：「茱恩？傑若要過去囉，應該幾分鐘就到了。」

「太好了，瑞塔。非常感謝！」

擴音器關掉了，因曼老師對羅伯比個手勢。

「來，你看看。」她指著投影機下面的桌子。班傑明看到地上有個方型的銅片，剛好就在木頭表面的下方，那塊銅片中央有一個圓形的電源插座。

她看著羅伯，眨眨眼。「**那個**就是李曼先生要來修理的插座，已經壞掉七年了。現在，你們三個最好趕快離開這裡，在我們這位很會幫忙的工友忙得不亦樂乎時，我會傳簡訊給你們！」

8 衝過封鎖線

班傑明、吉兒和羅伯走出三十四號教室的時候，覺得自己好像正航行進入敵人的水域。李曼和瓦力辛辛苦苦掌握了這整棟大樓，而且他們愈來愈上手。

接下來五分鐘的計畫很簡單：他們三個要去因曼老師教室對面的西邊走廊晃一晃，等李曼忙起來之後，再偷偷溜下南面樓梯到一樓走廊，左轉，走個一公尺半，再一個左轉，進入工友工作間，然後就直接殺進地下室。

班傑明的電話震動了起來，是簡訊。他看了看，說：「是吉娜，李曼剛從工友工作間出來，朝向南面樓梯！」

吉兒也抓起她的手機。「這一通是蓋博傳的。瓦力也上樓來了，在北面樓梯！」

班傑明四處看看。他以為瓦力會待在他位於一樓的崗位上，他們必須躲起來！

「快！」羅伯說：「這邊！」他衝向樓梯間，也就是南邊那個。

「不行！」吉兒驚呼：「李曼要**上樓**了！」

羅伯沒有停下來，「是啊，他要去的是**三樓**，所以我們要在他看到我們之前下到**二樓**。**快呀！**」

南面樓梯還有許多學生紛紛下樓去公車站，到處是吼叫聲和說話聲。多了三個小孩跑下樓並沒有引起什麼注意，但是也沒有讓班傑明比較不害怕。如果李曼看到他們，今天就算是完蛋了。

他跟著羅伯和吉兒跑到二樓，然後再跑向一扇門。

「嘿！」李曼大吼。

班傑明嚇了一跳，停下來，手指還放在門把上。

「小子，慢一點！」

李曼在下面，原來他在對別人吼叫。

班傑明趕緊過了門口，吉兒抓住他的手臂，把他拉往右邊角落。

「這裡，」她悄聲說：「萬一瓦力到這層樓來的話……我要蓋博跟蹤他了！」

他們趕緊跑開，班傑明覺得他聽到李曼的重重腳步聲……不過，二樓的門沒有開，他又能呼吸了。

他加速狂奔，一轉眼就跑到走廊的西南角落。

「普拉特先生，請**停下來**。」

是個男人的聲音，不過班傑明沒有去看是誰。不需要，因為會叫他普拉特先生的，只有一個老師。

他轉頭微笑，汗水從額頭流下。他伸手擦掉，試著裝出毫不驚訝的樣子。顯然是失敗了。

「噢……嗨，科林斯老師。」

這位自然老師站在自己的教室門口，午後的陽光罩著他，他身上的白色襯衫看起來幾乎是橘色的。

「啊——哈！還有艾克頓小姐和傑瑞特先生也來了，三個學生在我的走廊上奔跑呢。」他停頓一下，癟一癟嘴，「我的假設是：你們快要趕不上校車了……不對，方向不對。或許你們是在玩紅綠燈……不對，現在也太熱了。難道這是一場攻擊，來自徹底失控、畢業前一週的瘋狂嗎？沒錯，我想應該就是這個……我說對了嗎？」

班傑明遲疑了，不過，傑瑞特這時插手介入。他這種行為還是會不時的發生。

「差不多啦，老師，我們就是有點太興奮了！我們在做一份額外加分的社會科專題計畫嘛。」

科林斯老師皺起眉頭，瞇著眼睛看羅伯。「你有經過實證的證據來支持這個狂放的主張嗎？」

班傑明笑了。這兩個都是聰明人，老是說一堆術語試圖壓倒另一方，很有趣，不過他們沒時間來這一套了。

然而傑瑞特才剛剛暖身而已，他笑開了說：「是啊，的確有。科林斯老師，我們有可以摸到、可以量測到的證據，由三份有機物質壓製而成，是有化學顏料塗層的多邊形，而且由權責當局發出，上面有手動製成的標誌，組成內容為石墨和多種聚合體化合物。你看……」

班傑明過了一秒才意會過來，傑瑞特說的是他們的黃色通行證，因曼老師和學校圖書館員簽發給他們的。他和吉兒跟著羅伯把通行證拿出來給老師檢查。

班傑明從眼角餘光瞥見吉兒低頭看了一下手機。

老師清清喉嚨，正準備回答羅伯，不過吉兒先開口了，她輕聲說話，好像在講祕密那樣。

「嗯，科林斯老師，我們可不可以進去你的教室一下？現在可以嗎？我們有一些問題想問你，很重要的問題，和我們的報告有關。**現在**馬上就要。」

班傑明還沒反應過來，吉兒已經動手把他推向科林斯老師，老師沒別的辦法，只能往後退到他的教室裡。吉兒一定是收到關於瓦力的動向，所以非這麼做不可，因為瓦力很接近了！

吉兒抓住羅伯，把他也推進教室，然後把門拉上。

班傑明聽到外面走廊上有腳步聲接近，比李曼的腳步聲來得重而慢，步伐也比較短，因為瓦力比李曼至少矮了三十公分。

吉兒也聽到腳步聲了。

她把大家都帶到教室後面，除非瓦力真的進來，不然他看不見他們。吉兒一邊趕他們過去，一邊輕聲的說：「那裡……嗯，實驗桌上呀，你有沒有注意到……本生燈的氣閥？那是用……用古銅做的，來看看……上面印了一個名字耶……噢，是城市啦，哥倫布市，俄亥俄州。老師，你知道這些是學校在什麼時候裝上的嗎？」

有那麼一刻，科林斯老師看著吉兒，那表情好像在說，她是不是腦袋壞掉、需要移植了？不過，吉兒還是裝得一臉慎重，表情完全真誠。因此，自然老師也只好試著回答她的問題。

「這個嘛……嗯……從金屬做工來看的話，因為那是鍍銅的，不是預鑄零件，所以，我估計這個管子大概是在一九〇〇年後不久裝上的。我知道的是，羅伯・本生（Robert Bunsen）設計給實驗室用的熱源，大概是在一八六〇年代開始廣泛使用，但是像這樣的學校，應該是在那之後很多年才會裝這種東西。當然啦，現在它並沒有連接到瓦斯，因為小學的中高年級自然課不需要。那種製造化合物和混合物的實驗在大部分的公立學校要到八年級才會上。這……這樣有回答到你的問題嗎？」

班傑明知道答案，瓦力的腳步聲經過了這間教室，所以已經度過危險了。

吉兒點點頭。「有啊，太好了，科林斯老師，我一直都在想那件事，那可是學校歷史的一部分呢。」

「喔……挺有意思的。」他說。

班傑明又看到那位老師臉上露出疑惑的表情。

「那，謝謝囉，」吉兒說：「我們現在要走了，我們的計畫裡還有很多研究要做。我們不會在走廊上跑了。好嗎，同學們？」

「當然，」班傑明說：「不會再跑了。」

他們一回到走廊，班傑明立刻回訊息給他的間諜網絡。「誰有看到瓦力？」

蓋博回覆了，班傑明傳達這條訊息。「瓦力現在到圖書館了，我們快走！」

他們回到南面樓梯，下到一樓，然後向左快走五十步。工友工作間的門開著，但走廊上滿是學生和老師。

班傑明到走廊對面的飲水機那裡，吉兒和羅伯在他的後面排成一列。時機一到，他們就全部溜進工友工作間裡。

班傑明直接走到紅色那扇門，就在長工作檯右邊。門沒鎖。其實門把上有個牌子寫著：「防火門，請勿上鎖。」門上另一個黃色和黑色條紋框起來的牌子寫著：「注意：階梯向下。」

班傑明悄聲說：「拿出頭燈。準備好了嗎？」

他拉開門，吉兒和羅伯跟著他進入黑暗中。

9 從這裡下去

至少這裡涼快多了！

藉著昏暗的燈光，班傑明在階梯最下面看到一塊很大的花崗岩，那是這棟房子外層地基的一部分，除此之外一片漆黑。他們已經往地下室走了九個階梯，而門上小窗透進來的燈光，已經沒辦法照進更深遠的黑暗中。

班傑明按下LED頭燈的最低亮度，頭燈投射出一束窄窄的白色光束。他四處看著，光束跟著在各種陌生的物體上移動。吉兒和羅伯也打開他們的頭燈，眾多光束開始四處跳動。他感覺這個空間大部分是開闊的，但搞不太清楚它的整體樣貌。

「嘿，夥伴們，」他用大聲的氣音叫著：「我們要靠在一起，把這地方摸清楚一點，要知道周圍狀況怎樣。嘿，你們聽！」

學校鐘聲在他們上方響了四下，這表示最後一班校車要開走了。這讓班傑明想到海面起霧時航道上警示用的打鐘浮標，那種悶悶的聲音遠遠的傳來。他也聽到上面走廊地板的腳步聲，不過那些聲音同樣模糊而遙遠。

在一片寂靜中，他們都聽到另外一些聲音竄進黑暗中，是一陣微弱且急忙跑掉的沙沙聲。

「有老鼠！」吉兒尖叫：「我們為什麼總是碰到老鼠？」

班傑明忍不住笑了出來。要讓吉兒驚慌並不容易，不過他還滿喜歡看她這樣的。

他說：「這些老鼠的祖先，可能是跟著歐克斯船長的祖先一起從英格蘭過來的，牠們和我們一樣有權待在這裡。」

羅伯說：「很好，而且別忘了，老鼠（rat）和普拉特（Pratt）是諧音喔！」

又在酸了。但班傑明不理傑瑞特，他掏出在社會課時用過的一枝鉛筆和寫字夾板。「我們知道工友工作間在學校南邊，所以，如果我站在這裡，門在我右邊，那表示我面向東邊，也就是海的方向。」

他在一張白紙上畫出一個大長方形，然後在每一邊標上各自代表的方位：東、北、西、南。

「好啦，」他說：「我們走到東邊牆壁，然後從那裡往左邊走。湯姆說過，他認為下層地下室的入口在靠近鍋爐的地方，但我不是很確定那到底長怎樣。」

班傑明站定，在紙上畫出平均的小格子，代表他們頭上那些支撐建築物的大木梁。

「快過來，普拉特，」羅伯說：「不要再畫什麼曠世鉅作了！」

「好啦，知道了。」班傑明說，不過他還是低頭在夾板上猛畫。

「這裡有一支煙囪，」吉兒說：「很大喔，還有一個像是煉鐵爐的東西。」

班傑明猜想，這支磚造煙囪在地下室東南角，算起來大概有六公尺高，各邊至少有一點二公尺寬，磚造煙囪的地基是四塊大花崗岩。班傑明彎下腰，頭燈直接照到地上。他驚訝的發現地面竟然不是混凝土，好像是由沙子、土和打碎的貝殼混合而成，壓得十分緊實平坦。

羅伯說：「我想那應該是燒柴爐，而不是煉鐵爐，看起來比較像是用來燒木頭的，對吧？……看到沒？白色的灰，一定是個大尺寸的燒柴爐。」

班傑明正在他的圖上加進煙囪和燒柴爐，羅伯低聲吹了口哨，說：「那是什麼東西啊？」

班傑明循著羅伯頭燈的光線看過去，有個大圓管掛在低矮的天花板下，大約延伸了六到九公尺，接到一個超大的圓頂結構上。從圓頂上似乎通出更多大管子，大概有十根。

「我家地下室也有類似這種東西，」班傑明說：「但比這個小十倍，不過是一樣的，我爸說那叫章魚爐。我們眼前這些東西是不同時代留下來的，燒柴爐可能是在他們不用樓上那些壁爐之後才使用的，後來他們在章魚圓頂下燒煤。還有，你們看，」他用頭燈往上照向天花板梁上的黑色金屬管，然後說：「那些管子從鍋爐裡面伸出來，是比較近代的加熱爐，是它將熱水送到學校所有的發熱板上。」

傑瑞特假裝打呵欠，說：「謝謝你啊，普拉特教授，你儘管畫圖好了，不過這地方討厭死了，我覺得愈快出去愈好！我不知道你們怎樣啦，不過呢，我要跟著這些水管去找湯姆說的下層地下室入口，那不就是我們來這裡的目的嗎？」

班傑明想要繼續探索下去。他看到那裡其實總共有四個鐵製的燒柴爐，每個都有煙囪。不過，他還是把圖畫塞進背包裡，跟著羅伯走向鍋爐。

吉兒輕輕的從北邊角落喊：「嘿，我找到一個開口了！」

班傑明趕過去，看到地基上有個被封起來的窟窿，寬約一點二公尺，高度接近一公尺。

傑瑞特也過來了，他立刻說：「假的啦！看那邊底部那些板子疊放的樣子，我認為那是用來丟棄燒過的木頭和煤灰的斜坡通道。這邊地上的板子也許是要保持燃料不會受潮。」

班傑明往下一看。斜坡開口兩旁的地板上覆蓋了寬寬的橡木板，它們所覆蓋的長方形寬度大概有四點五公尺，長度則從牆邊算過來大約有三公尺。

吉兒轉身走向西邊的牆，突然停下腳步。

「嘿，有東西在動！」她悄聲說。

傑瑞特笑開了，「大概是隻大老鼠吧。」

「不是，」她說：「我覺得**地板**在動，就在我腳下。聽聽看……聽到了嗎？」她踏踏腳，先是踩在一塊木板上，接著再踏一踏旁邊那塊。第二塊木板發出了空洞的聲音。

「看！」羅伯說：「有個把手！」

班傑明用手機迅速拍下傑瑞特指著的那個地方，閃光讓他們的眼睛都睜不開了。不過他們都看見有個扁平的鐵環，直徑大約十公分，裝在一片厚橡木地板上，和地板平面齊高。鐵環都快被上面滿滿的灰塵和煤灰遮蓋住了。在鐵環前面十五公分的地方，有三片裁切整齊的寬木板。班傑明走到中央有鐵環的那片，差不多在兩公尺外，又有三片裁切整齊的木板。

班傑明感覺到這些板子在動。羅伯已經將鐵環撬鬆，兩隻手抓著往上提。

班傑明跳到另一邊去，聽到「呀」的一聲，羅伯那邊的門蓋升起來了，直到高過他的頭才停住。他放手，門蓋還是保持打開，就像小貨車車床上的長蓋板那樣。

「好酷喔！」羅伯說：「這是滑輪重力系統，我只要用一隻手就可以提起來了！」他學三流魔術師那樣揮揮手，微笑著說：「各位先生女士，從這裡下去吧！」

10 往下、再往下

班傑明跟著羅伯和吉兒往下進入下層地下室，一陣更冷的空氣撲向他的臉。樓梯很簡陋，是一塊塊灰色花崗岩疊起來的，總共有十二階。往前走到底有個小空間，剛好只夠容納讓門蓋升起的鏈條和滑輪。班傑明看到有個重物，再定睛看仔細，是兩個生鏽的大砲彈，各掛在一條鏈條上。班傑明歪著頭後仰，看著頭頂上打開的門蓋。三片寬橡木板的底部都包覆了銅片，全部加起來的重量一定有上百公斤。

羅伯說：「最好把門蓋關起來吧，你們不覺得嗎？」

吉兒搖搖頭，她頭燈的光線在羅伯臉上來回掃射。「絕對不行！」

羅伯聳聳肩。「好吧，但是如果瓦力和李曼下來找我們的話，就別怪我喔。」

「就算葛林里集團全都來了，我也不在乎，那東西必須**開著**！」

班傑明說：「我贊成吉兒……我的意思是，誰知道呢？我們也許很快就會出去了！」

那不是她想聽到的話。有那麼一瞬間，吉兒看起來好像要衝回階梯上了，但她還是轉身，跟著羅伯進入黑暗中。

班傑明再次弄清楚周遭環境的情況，發現這裡嚴格說起來並不是學校的下層地下室。地板確實是比地下室還低，但是從樓梯底部往右邊看，有個將近一公尺的開口，切穿了學校北邊牆面的地基。在那後面是完全不同的空間，是一個往地下挖深的大洞，就在北邊草坪的下方，完全不在學校的建築物底下。

班傑明跨過那道地基牆面上的開口，他能夠真的**感覺**到空間在他面前展開，他也可以想像自己感覺到上方土地的重量。一陣恐慌感向他襲來，他想像天花板塌下來的畫面，想像那些會壓死人的幾噸重土石和樹，把他肺裡的空氣擠壓出來。在地下這麼深的地方，沒有手機訊號，根本求救無門。

不過，他轉過頭來，光線照射之下，他很快就看出歐克斯船長和約翰・范寧並不是在冒險。每隔三、四公尺，就有一疊堅固的花崗岩塊從地面疊到天花板，而且這裡的地板鋪面是花崗岩石板，大部分是六十到九十公分見方。天花板很高，至少三公尺，而且很堅固；粗壯的橡木板交錯縱橫，土和木板交界的地方，木頭上都包覆了銅片，和剛剛看到的門蓋一樣。班傑明微笑著，他想起四週前他們在學校圖書館發現的那本《海洋之子，劃時代的學校》。船長留下的每樣東西，在建造時就打算要用很久很久很久。

學校傳來的所有吵雜聲都消失了，不過，並不是完全安靜無聲。班傑明聽到四周都是水滴及流水的聲音。而且，那股味道絕對錯不了，是鹹水。

還有另一股獨特的味道，班傑明辨認不出來。他循著味道走去，頭燈立刻就照亮了這個謎團。是腐朽的木頭，而且有很多。

班傑明拍了好幾張照片。他想記錄下所有事物，想在回到爸爸的船上之後還能研究這些圖像。因為在幾世紀以前，工匠在這裡蓋出一個架高的引水系統，木製的水道可以把海水引入這個人造密室。這很合理啊，如果這裡真的有一座潮汐水車，那最重要的材料就是水。

木頭支架和接緊的木板大部分都腐朽鬆脫了，不過還是能捕捉出一點當年的原貌。這些東西讓他想起了加拿大育空河流域的克隆代礦坑，他在礦坑老照片上看過類似這樣的木造結構，那裡的溪流被引到木造的渠道裡，讓工人洗掉碎石、淘出黃金。

「嘿，」吉兒輕聲喊著：「看看這個，有提燈耶！」

班傑明也看到了。這些花崗岩地樁大約有一半的岩塊之間釘了鐵鉤，高度從地面算起大約是一點八公尺，每個鐵鉤上都掛了一個方型的錫製提燈。班傑明查看那個最接近他的提燈，透過被燻黑的玻璃仍看得到裡面有殘餘的蠟燭。

班傑明直接走向東牆，果然不出所料，那裡有更多花崗岩塊。水從岩石滴下來，匯聚到牆邊嵌入地板的一個木槽裡。他看到那個木槽稍微向左邊傾斜，那是北方。

他轉身直接走回西牆。那裡也是花崗岩塊……不過這些大多了，有些寬度達到一點二公尺，而且至少有六十公分厚。他戴著頭燈靠近，看到每一塊岩石的頂面、底部和側面都經過仔細的打磨，彼此間隔的縫隙不到一張紙的厚度。

班傑明突然明白了。斜斜的木頭水道把水引入這面牆後方的蓄水池，那就是個水壩，將水儲存起來，等洩出時就可以推動潮汐水車。

太天才了！

他掏出寫字夾板，開始畫下這些水流的方式，不過羅伯的叫聲讓他停筆了。

「嘿，你們看，我找到水車了！」

班傑明快步走到這空間的西北角落。傑瑞特正站在一個木製結構旁，那裡很像一個小屋。小屋另一面幾乎要碰到北邊的地基牆面，他看到有個木製的圓形弧拱。他沿著小屋牆邊往右走，直到看得見這棟小屋的遠處角落，就是它，無疑是個水車。

他拍了一張照片，沿著北牆往東走的時候又多拍了幾張。他沿著水車的溝渠走，溝渠大約六十公分寬，深度至少六十公分，往下通到地板之下。水道截止在東牆，他拍了一張出口處的照片，在退潮的時候，水就是從那裡流回大海。出口已經被一個方形大石塊堵住了，石塊用一種看起來像焦油的物質封牢。

吉兒從小屋後面那一頭叫著：「羅伯，不要再走進去了，那地板已經爛了！」

「嘿，安啦，」他說：「我又不是掉進煤坑什麼的，這裡離下面的地面只有六十公分深而已。」

「可是，還是可能會受傷啊！」

班傑明已經來到她身旁，從小屋門口看進去。他也同意，地板看起來很糟。

「看到木板尾端有釘子的地方嗎？」他對羅伯說：「那裡就是地板的托梁，那裡應該會比較穩。」

羅伯沒在聽。

「潮水轉兩圈，有人走進來……潮水轉兩圈，有人走進來……」

羅伯一邊不停唸著這一句，一邊用頭燈四面八方照著這小建築物的內部。

班傑明想靠近看，順便拍幾張照片。他走進小屋，感覺到整個結構有點移動，這不是太好的徵兆。不過，他在一個堅固的地點站穩腳步，幫小屋中央的兩個石磨拍了一張不錯的照片。石磨不大，直徑不到六十公分。推動石磨的柄和傳動裝置已經開始腐朽，很多支撐結構也歪掉、崩壞，亂堆成一團，看起來好像是大型的幼兒積木。

他愈看愈弄不懂。為什麼要那麼麻煩去蓋一個小小的磨坊？為什麼要這樣藏起來？

他近看那些石磨，完全是黑色的……附近地上看來也是一樣，深深嵌著燻黑的顏色。

班傑明伸手往下探，摸一摸發黑的地面，接著聞聞手上沾到的汙垢……那氣味讓他想起一個畫面，就是七月四日在市政府前，大砲所發出的煙硝。

「就是它！」他喊著：「歐克斯船長在這裡做的就是這個。他在這裡研製**火藥**！而且他不希望喬治·華盛頓老大知道這件事！」

「火藥？」吉兒說：「你的意思是，他可以**製造**火藥？就在這裡？太酷了吧！」

羅伯好像根本沒聽到班傑明在說什麼。

「潮水轉兩圈，有人走進來……潮水轉兩圈，有人走進來……好的，轉動的部分弄懂了，是吧？那指的就是水車，水車在一次漲潮和一次退潮之後就會轉動，代表『潮水轉兩圈』這句。但是『有人走進來』呢？有人走進來……是走進**什麼**？還是走進**哪裡**？這一點我們還沒解開。」

吉兒還是站在小屋外面。

「這個嘛，」她說：「你若要走進，那就表示你要**進入**某個東西，像是房間之類的地方，或是一個圍起來的空間。要進入一個房間，通常會有個門。所以，也許是那個。」

她指著一扇簡單的門，在石磨左邊的牆上，只是由四片直條木板

和一些交叉木片組合起來，以兩片生鏽的門鉸片懸住。一根彎曲的釘子固定關著這扇門。

羅伯翻了個白眼。「拜託，吉兒，我早就看過那地方啦！」

「可以讓我也看看嗎？」班傑明問。

「請便囉，教授。」

羅伯旋開釘子，打開門，班傑明和他一起從開口看進去，並且小心腳踏的地方。固定水車的內部結構在這裡可以看得很清楚。

「嗯，真驚人，」羅伯諷刺的說，他的頭燈到處照來照去，「死路一條。我**早就**看過了，一樣嘛！還有什麼聰明點子嗎，吉兒？」

班傑明並沒有看到什麼不尋常的東西。「我猜，這裡只是讓他們能碰到水車內部，可以去處理輪輻、輪軸之類的。」他不想讓吉兒覺得他像傑瑞特那樣嘲笑她的想法，所以他又補充說：「不過我們可以仔細檢查這裡所有的石牆，看看是不是哪裡有隱藏的門。這樣有道理吧，你們不覺得嗎？」

羅伯已經在小屋外面開始這麼做了。

班傑明開始拍幾張水車的照片。他喜歡水車的整個樣貌，簡潔有力。還有啊，說真的，水車唯一有損壞的地方只有那個像戽斗一樣的扇葉，水車轉動時它會下降來承接水流。輪軸還很堅固，所有的輪輻和水車外圈也是。這東西一定重達半噸，直徑將近三公尺，最底下的扇葉低於地板平面，最高的扇葉幾乎要碰到天花板。

而且，作工也相當棒。班傑明拉近焦距，對著其中一個寬寬的木頭輪輻拍張照，他注意到有個工具留下來的痕跡，說不定就是約翰・范寧本人留的。他又拍了一張，焦點聚在靠近外圈的地方，驚歎於每樣東西結合得如此緊密……接著他看到椽木上刻了東西，是一個大約兩、三公分大的字：「進」！

在這個字旁邊有個三角形，是方向指示！

他握住小屋的門框，探身到水車車輪中央的空間，他用頭燈緩緩掃過小屋外牆的木板，盡量掃到遠處可以看見門洞開口的左邊……沒有東西。接著他掃向右邊，這次就看見了，但是很難看到，因為小屋的老舊松木板比水車的橡木板顏色來得深。

總之是看到了，一樣的字、一樣的指示……只不過指向一個完全不同的方向！

「嘿，吉兒、羅伯！來幫我轉動那個大水車！」

羅伯在六公尺外嗤之以鼻。「算了吧，普拉特，我們快點從這個地牢閃了啦！」

「傑瑞特，我是認真的，我找到一樣東西了！快來看！」

班傑明的語調立刻吸引了吉兒和羅伯來到門口。

「你們看到這個字了嗎？」班傑明說著，用頭燈光束照過去。

「『進』，有人走進！這一定和那個線索有關，所以我們要把這兩個指標連起來。」

羅伯說：「你待在這裡，我去看看能不能從前面轉動水車，槓桿作用力應該行得通。」

他走出小屋，繞到水車前緣，那部分面對東邊。班傑明看得到他的頭燈在水車和小屋側邊之間發光。

「好了，動手囉！」

羅伯用自己全身重量往下壓，那水車立刻平順轉動，轉了將近半圈，輪輻在軸心上幾乎沒有發出吱嘎聲。

「輕一點，」班傑明說：「轉太多了。要轉回來三十公分左右……慢慢來……再來一點……停！」

兩個箭頭完美的聚在同一水平上。

吉兒輕聲說：「你看到了嗎？」

「當然看到了。」班傑明說。

其實是有兩樣東西顯現在他們眼前。

第一樣，兩個箭頭齊高之後，水車外圈有個方形的缺口，就對上了後方牆面嵌在花崗岩塊裡的方形桿子。那根桿子尾端有個鐵環，班傑明一拉鐵環，那根桿子就從石頭裡滑出來大約二十公分，剛好可以裝到水車上的缺口，這表示，水車已經被卡穩不會轉動了。

羅伯回到他們的身邊，立刻就發現了第二件事。「你們看，是一條通道！」

的確，就像一個直接穿過水車的短短步行橋。水車被牢牢固定在這個位置的情況下，正對著小屋門前、水車輪輻之間的一個開口，就有了可以踏上去的板子。

但這條小小的步道並沒有通向哪裡。在水車外緣之後，並沒有什麼東西，只是堅固的花崗岩，就是北邊的地基牆面的粗石塊。

「你覺得走上去安全嗎？」吉兒問。

班傑明說：「應該吧。來吧，穩住了，試試看。」

他伸出一隻手，吉兒握住了，踏上板子。水車動了一點點，但方形的棍子緊緊的卡住水車。

「感覺滿穩的。」她說。

「好。」班傑明說著，放開她的手。他伸手往下撿起一塊粗壯的圓形橡木，是從石磨裝置上掉落的其中一塊齒輪。他把它遞給吉兒，說：「用力敲一下那些花崗岩石塊。」

她照做了，一片寬寬的石頭倒向她，她驚呼一聲。不過那並不是石頭。吉兒敲下去的時候，班傑明從那聲音就聽得出來，那是一片木板，不但雕刻過，還漆得跟旁邊的石牆一樣！

他走上前，站在吉兒旁邊。

「你抓住左邊，我抓這邊……好，把它往下扳到地面。」

他們倆都得蹲下來，因為他們所站的平台距離地面還有一點八公尺。班傑明認為，那木板一定是松木做成的，因為並不重。

他們站直身體，把頭燈聚光照著木板本來的位置，班傑明十分確切的看出他們面前的東西是什麼。

是一扇門。

11 印地安那．普拉特

這不是一扇普通的門，任何人都看得出來。

不過，班傑明必須靠近一點看，但是吉兒在他前面，有點擋住了他的視線。

「呃，我們可以交換一下位置嗎？」

「對啊，吉兒，」羅伯說：「閃一邊去，讓電影英雄印地安那．普拉特出馬啦！」

又在酸了。傑瑞特今天實在很過分，而且這很容易讓人分心。班傑明幾乎能夠確定，一定是跟上學前碰到瓦力有關，他要想辦法弄清楚到底是怎麼回事……

「沒問題。」吉兒說。班傑明的心思跳回眼前。在那條窄窄的通道上，吉兒往旁邊挪，滑過他身邊。

班傑明將頭燈開到最亮，往前靠近一看，證實了心中的想法：那扇門包覆著好幾張交疊的大銅片。金屬的部分已經斑駁變綠，那是氧化作用，科林斯老師肯定會這麼說。

這扇門和剛剛羅伯打開的木製門蓋一樣，也有一個鐵環平平的嵌在門扇裡。班傑明把鐵環弄出來，直到能用兩手握住，然後一拉……它絲毫不動。

這時候他看到金屬線，在門框左上角有一捲扭轉的線圈。

「嘿，你們看！」他叫著。「記得上星期我拍的那張小銅棺的照片嗎？這扇門的邊緣也是用同樣的方法封住！」

他快速拍了四張照片。門扇和花崗岩塊之間的縫隙填滿松脂，鐵線就嵌在松脂裡。班傑明伸出食指去挖那條扭轉的鐵線，然後一拉，就把門框四周的松脂都拉脫了，深色的松脂屑往四面八方飛散。

班傑明放掉鐵線，抓住門扇上的鐵環再出力一拉。這次有點鬆動了，但是挪動的距離還不到兩公分半。他感覺到後面有腳步靠近，之後羅伯的燈光照到門扇上，掃視著邊緣。

「普拉特，你拉錯邊了。門不是向外開，也不是向裡開，是往右邊滑開的……看到那些刮痕了嗎？」

班傑明拉著鐵環往右滑，門平順的滑進牆裡縫隙。他往左邊縮，然後說：「是你想出來的，傑瑞特，應該禮讓你先進去。」

羅伯笑開了，「對啦，這樣的話，中了埋伏、脖子被斧頭砍斷的人就是我啦，對不對？」

然而，羅伯還是先進去了。班傑明跟在他後面，吉兒則跟著他們兩個。三人就在門內站著不動，沒有人說一個字，只有頭燈在那個空間裡掃動，他們試著細細看清一切。

班傑明第一眼看到的是一個很大的舵。正確的說，那是個**雙舵**，兩個舵之間有個寬筒。它立在門口左邊角落，有個台座支撐著，看起來好像是直接從一艘戰艦的指揮甲板拆下來的。班傑明看著那組木頭支架，注意到支架下面鋪著一塊紅藍相間的美麗東方毯子。這個房間的地板幾乎都覆蓋著華美而厚實的地毯！而且房間本身算是相當大，面積大約有六公尺乘九公尺，低矮的天花板是由十幾根堅固的木梁所支撐著。

吉兒說：「真不敢相信，這裡好像博物館！」

班傑明走到房間中央，那裡一張邊緣高起的方形桌子。「這是個地圖桌……還有這些地圖，可能是船長用過的！」

他用手機的相機鏡頭對著桌上地圖拍了一張照片，那是巴克禮海灣，還包括愛居港海岸線，他看到黑色墨水圈起船長的這棟大樓。班傑明想好好的看每張地圖，但是，還有很多東西值得好好欣賞。

他走到房間後面，發現一張圓桌和六張椅子，桌上擺了整套的純銀餐盤、兩根蠟燭，還有六個高腳杯、六組銀製餐具，每樣東西都擺設妥當，只是每件餐具都變黑了，但是它們都有著豐富的雕飾花紋。班傑明突然頓悟，這看起來就好像是船長要招待客人的樣子。

「喂，夥伴們！這間房間就是照著船上的船長艙房來蓋的！你們看那張臥鋪，床邊有板子，那在風浪很大的時候可以防止人從床上滾下來。還有，那個吊起來的古銅燈及四面高起來的地圖桌，這些就像是在船長的艙房！還有，看看收藏手槍和劍的櫃子，還有毛瑟槍，這些東西都要鎖在船長艙房裡，作戰的時候才能拿出來！」

羅伯已經打開一個玻璃門櫃，他低聲吹了個口哨：「這個老歐克斯把他的整個圖書館都搬來了！這裡有一本超大的聖經……還有一堆航海和造船的書。有詩集、折起來的地圖……還有各種動物、植物、魚類的科學書籍。還有一些星象學……也有莎士比亞的劇本！這些說不定價值**幾百萬**美元呢！」

班傑明掀開一個金屬片扣住的航海用箱子，發現裡面還有書。他小心翻開其中一本，看到每一頁都是工整且精確的手寫字跡。他手上的這本是一艘船的航海日誌，船名叫做「安妮號」，是一七六二年四月三日從愛居港出發，航行到倫敦。歐克斯船長寫出所有副官和工作組員的名字，他還錄製了一份完整的貨物清單，一頁又一頁，內容包括：計算船的位置、夜空中看見哪顆星星、每天的氣象報告，還有這艘船每天在兩次正午之間所航行的距離；他們一路從愛居港航行到泰晤士河的倫敦碼頭。這趟航程一共花了七十七天，超過兩個半月！

班傑明闔上航海日誌，放回箱子裡。他正要拿出另一本，卻注意到某件事：這個航海用的箱子底下並沒有地毯，所以他看得到地板，而地板覆蓋著銅片！他走了三步，掀開地毯一角，底下也是銅片，但不像外面那扇門上的銅都發綠了，這裡的金屬還是保持著像古銅幣那樣飽滿的棕橘色。接著，他把頭燈照向天花板，以及餐桌後面的那堵牆。整個房間都被覆著銅片，每一道邊緣都用融化的鉛來固定！班傑明一下子就明白了，這個房間是設計來**防潮**的！

銅片包覆的效果看起來非常好，即使是在這麼深的地下，而且距離海洋只有十五公尺，這個房間本身以及裡面的每樣東西，兩百年來完全沒有受潮或腐朽。在這房間裡，甚至還覺得乾燥而且有灰塵的感覺，不像是個地下室，反而像個閣樓。

「這是歐克斯全家人耶！」吉兒叫。

班傑明關上箱子湊過去看。吉兒正仔細看著六張裝框的人物小畫像在臥鋪旁邊整齊的排成一排。這些肖像畫在像是象牙的七公分半橢圓形上，人物有歐克斯船長、他的夫人、四個小孩（三個男孩和一個女孩）。每個人都穿著他們最精緻的服裝，看起來都很僵硬而正式。

「看，還有**這個**！」羅伯說：「這好像是個存錢箱呢！」

槍櫃下面有個很深的抽屜，班傑明看到那裡面有幾百枚金幣和銀幣。「哇！」他輕聲說：「真的是一**大筆錢**哪！」

這個抽屜的寬邊是兩片厚松木塊，在這兩片木塊的外側邊緣，木頭上鑽出一排孔洞，大小和深度正好可以塞得下一疊錢幣。

班傑明說：「我在想，這些是不是……」

不過吉兒先插話了：「我是**這麼**想的：我們在這裡看到的哪一樣東西可以用來**阻止**葛林里的計畫？那些武器、那些書、還有其他東西都太……太驚人了，而且它的歷史重要性可以說是破表了，更別提這些東西的實際價值。不過，有個重要的問題是：這些是不是真的**幫得上忙**？」她停頓一會兒，接著說：「我會說『不能』。這些東西沒有一件能夠改變什麼，那些文件、文物，還有這個空間本身，都不能。我們發現了地下祕密轉運站之後怎麼樣，你們還記得吧？我們那時多麼確定它足以讓這棟房子變成一個國家級的地標，但是葛林里完全把我們踩在腳下，而這次也會一樣，他們會把所有這些東西都加進他們的遊樂園裡。我就是不認為，這裡有**什麼**東西會變成我們真正可以**利用**的武器。」

羅伯說：「那，我們拿這地方怎麼辦？什麼都**不做**嗎？你的意思是**那樣**嗎？」

班傑明驚縮了一下。傑瑞特剛剛那樣講，好像是在跟兩歲小孩說話。於是，吉兒發作了。

「羅伯，你知道嗎？」她脫口而出：「你幾乎有百分之九十九的時候是個**蠢蛋**，而我已經學會怎麼面對了。不過，你要是變成一個**完全的**廢物，那就太超過了！我又**不是**說我們什麼也不做！我們要拍一堆照片，然後再關上這地方，這樣李曼和瓦力就不會找到。然後我們要準備**利用**所有的照片，包括那些最後一刻才要拿出來的所有東西，例如遺囑但書。必要時，我們可以發布照片給媒體、給學區主管辦公室、給州政府的歷史委員會、給其他所有我們想得到的單位，那樣就**一定可以**擋下怪手，就算只能擋個一、兩天。但是，**現在**呢？現在，我們要準備給他們重重一擊。我們必須離開這裡，整隊，去找出最後一項保護裝置，只希望那不會又是一個古董。」

吉兒停了下來，深吸一口氣。「這就是我的提議。我現在要求表決。贊成我剛剛說的，就舉手吧。」

羅伯說：「可是……」

吉兒瞪著他。「我說，贊成的，舉手。」

眾人的決定是一致的。

接下來半小時「咻」一下就過去了。他們把能找到的每一樣東西都拍了照，羅伯那台酷炫相機的閃光燈不停的閃，都快把他們弄瞎了。寶物好像無窮無盡似的。

班傑明發現兩個經度儀、一個超大的船用羅盤、三個黃銅製的望遠鏡。除了短劍、毛瑟槍和手槍之外，還有十幾個重斧頭，在水手進攻敵船甲板時可以用來左右揮砍。他還在臥鋪下找到一對決鬥手槍，襯著血紅色的天鵝絨，裝在一個木箱裡。

在某個角落有一個小橡木桶，起先班傑明以為那一定是葡萄酒或蘭姆酒。橡木桶上的塞子鬆掉了，他拉出來，聞了一下。

「嘿！」他叫：「看看這個。是一小桶火藥！」他立刻明白這個房間要包覆著銅片的**主要**原因，不是為了船長那些書和紙張防潮，而是為了在這個房間儲存磨坊磨出來的火藥！

吉兒在一個高高的衣櫃裡發現歐克斯船長的制服：帽子、外套、白色馬褲、高筒皮靴，還有一件厚重的藍色毛大衣，甚至還有一頂假髮和精緻的皮手套。班傑明勾勒出一幅畫面：一艘船橫渡大西洋，船長在甲板上，迎著風，用望遠鏡掃視地平線，眺望敵人的風帆。

吉兒還在衣櫃的抽屜裡找到一只金色懷錶、一只結婚戒指，還有一串耀眼的鑽石項鍊，在小肖像畫中，他的夫人就是戴著這條項鍊！

羅伯拍了一張又一張照片。

「好啦，」吉兒宣布：「我們該停止了。還有很多，不過我們要動身了。」

班傑明實在不想走，還有一些抽屜、小箱子和櫃子還沒有碰過！可是他知道吉兒說得對。

羅伯不需要別人說服他。「好啦，該走了。是很酷沒錯，但是，的確是夠了。」

他們花了幾分鐘，確定每樣東西都歸回原位。

吉兒說：「我想這樣應該行了吧。走囉？」她動身走向門口。

班傑明說：「在我看起來是可以了。」不過，話剛說完，他想到一個點子。

「喂，羅伯，可不可以請你把相機設定成我們三個一起拍。也許是站在這些劍的前面？」

「當然可以囉。」羅伯說。

他撥弄了控制鍵，然後把照相機放在地圖桌的角落，從螢幕上確認位置。

「你們兩個站在那裡。吉兒，往你的左邊一點……好。」

他按下按鍵，照相機開始嗶嗶叫，他趕快跑過去，站在班傑明的旁邊。

班傑明看著相機，它還在嗶嗶叫，他想起羅伯之前曾叫他「印地安那．普拉特」。

希望我有一頂那麼酷的帽子……

想到這裡，他微笑了，正好，閃光燈亮了。

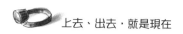

12 上去、出去，就是現在

要把船長的祕密艙房藏好，其實還滿簡單的，只要一步步倒著做一遍就行了。那扇銅門滑出來關上之後，吉兒和班傑明合力把那片假花崗岩板裝回去。接著是把嵌住水車的那支桿子滑回去收納它的縫隙裡；然後關上水車磨坊的門，把彎曲的鐵釘再扭上。班傑明走到磨坊外面，把水車轉個半圈，這樣就算完成了。吉兒在角落找到一支掃到開花分叉的掃把，把四周灰塵撥一撥，掩蓋掉他們進出門口的足跡。羅伯至少拍了十幾張照片，把這些過程都記錄下來。

他們走到地下室那層關上地面的門蓋，也是一樣緩慢且小心翼翼的倒著做一遍。那扇門板很重，關上時，鉸片和鏈條吱吱咿嗚的響，班傑明真怕李曼和瓦力突然就從工友工作間「啪」一聲開燈衝下樓梯。不過這並沒有發生，不到幾分鐘，出入口就封了起來，這回輪到羅伯把這扇門板附近弄得像沒人來過一樣。

他們走上階梯，班傑明用舌頭抵住牙齒後面，每次他緊張時就會這樣。

「現在，困難的部分來了……」班傑明輕聲說：「我們必須出去，而且不能被抓到。關掉頭燈，現在不能發出半點聲音。」

傑瑞特翻了個白眼，還無聲的說了個什麼字。班傑明花了一秒才想清楚他那嘴型說的是：「哼……」

班傑明正在擔心要怎麼安全的出去，而傑瑞特這種態度又引起了他的注意。

他到底是怎麼了？

昨天羅伯才說，這幾個星期對他來說有多棒，當時聽起來多真誠啊，但今天這個樣子也差太多了。

我乾脆直接問他，今天早上瓦力到底跟他說了什麼。就講清楚、說明白吧……

還有六公尺才到通往工友工作間的階梯，吉兒抓住班傑明手臂，他們三個突然停下來。

「那是什麼？」她輕聲說。

聽起來很像是低沉的雷聲。

羅伯說：「安啦，就是有人在一樓走廊拖垃圾桶啊。」

至少他沒有說「哼……」，班傑明想。

不過，他的話裡還是有那種調調。

他們聽到頭頂上方有推車推過，然後又慢下來，轉個彎。班傑明很確定他聽到工友工作間的門關上了。

「我們最好稍微撤退一下，」羅伯輕聲說：「可能要在這裡躲一陣子。」

他們和階梯保持一段安全距離，吉兒說：「誰知道他們通常幾點會離開這棟房子？」

「不知道。」羅伯說。

聽起來，他現在覺得無聊了。

班傑明抽出手機看時間，手機正好在他手裡劇烈震動起來。

「酷，又有訊號了！而且有兩封訊息，是由五號手機發出來的，是蓋博。」

吉兒也拿出她的手機。「對，我也有，同樣的訊息發了兩次：『你們在哪裡？』」

班傑明開始回覆，但是吉兒突然倒抽一口氣說：「不要！不要回他！」她伸手過去把班傑明的手機拿走。

「嘿，還給我！」

「噓！」吉兒邊說邊把手機拿開，不讓班傑明碰到。「聽我說，我還收到六號手機發過來的訊息，那是路克，對吧？」

「那又怎樣？」班傑明還是伸著手。

「路克的訊息是在蓋博那兩通**之前**發出的。他說：『我在公車上，蓋博剛剛跟我說，他把手機掉在體育館了。』所以……」

「所以……」羅伯慢慢的說：「李曼或瓦力一定撿到蓋博的手機了……而且還打開來看是誰的，然後就看到跟他們有關、就是我們問說誰有看到工友的那些訊息！」

「噢，真是太好了，」班傑明說：「那就**表示**，我們的通訊系統報銷了！」

「又錯了喔，教授，」羅伯說，他現在笑開了，「這表示我們拿到了一張通行證，可以從這裡逃出去。來，把普拉特的手機給我。」

吉兒把手機交給他，羅伯一邊將字打上螢幕，一邊慢慢唸出來：

我們在學校北邊，躲在圖書館裡。現在正要離開，有大事發生了。

班傑明和吉兒還搞不清楚他要做什麼，羅伯已經按下了傳送鍵。幾乎同時，他們上面工友工作間的門「碰」一聲打開，他們聽到重重的腳步聲踏在走廊上，朝辦公室而去。

羅伯把手機還給班傑明。「各位同學，這就是我們如何快速逃脫歐克斯學校地牢的好方法。閃人囉！」

傑瑞特率先開路，不到一分鐘，這三人已經走上了階梯，穿過工友工作間，從上下貨的門出去，再穿過柏油路面，越過學校後面那片綠色公園。

他們快要跑到學校街時，班傑明停住，跪了下來。「太熱了……我要休息一下！」

另外兩人也癱倒在地，他們三個喘得像狗一樣。外面的氣溫至少有三十二度，對比冷涼的地下室，反差非常大。

班傑明往後躺，仰望著一棵大糖楓樹搖動的枝葉。除了今年，每一年他都很享受像今天這樣的下午。學期幾乎要結束了，作業和考試也都交完、考完，現在無所事事，只要游泳、玩帆船、在碼頭邊閒混就好，至少會在爸爸媽媽派給他暑假工作之前。

但是**今年的**學期結束，整個感覺很不一樣。

每件事都不一樣了。

而且，他爸媽分居，這個暑假算是毀了。

他想找出一個詞來表達他的感覺。

難過嗎？不只是這樣。

生氣？有一點啦，至少有時候會**很**生氣。

厭煩？絕對有。

接著，一個想法蹦出來。

我覺得……我老了！

聽起來好像很誇張，不過那就是他的感覺——變老了。也許是因為所有事物似乎都這麼沉重，他在那個下層地下室就有這種感受，只不過現在壓著他的不是土地的重量，而是過去，是要搶救、保護所有這一切的責任感。

「過去」重重壓著他，而「未來」感覺更加沉重。

接下來冒出的想法，連他自己都嚇了一跳。

也許這間老學校真的應該拆掉，就像羅伯在假辯論賽說的那樣，要「除舊布新」。就讓未來如它所願，又快又討人厭的來吧！反正，過去沒有一件事是可以依靠的，未來也那麼不可信。你不能相信任何事或任何人，永遠都不行。

幾乎同時，另一個想法衝出來，還放聲大叫：**不！**

班傑明知道，那些負面的東西不是真的。因為，媽媽還是媽媽，爸爸還是爸爸，他知道不管發生了什麼事，他都可以完全信任他們。

那麼……我到底是怎麼了？我到底想要什麼？

這是今天第三次問自己這個問題了。

有個答案冒了出來，雖然古怪，但那畢竟是個答案，而且感覺是真實的。

我想要把過去和未來通通關掉，讓它們不要來煩我；我要想的是「現在」。

不過另一個挑戰的問題立刻浮現。

那麼，有什麼擋著你嗎？

班傑明閉上眼睛，試著把心思放在那個情境中，沒有過去，沒有未來，只有**現在**。

一道道穿透葉子的陽光在他眼皮上移動，他聞到海洋的鹹味。脖子後的草在搔著他，溫暖的微風拂過他的手臂和臉頰。除了聽到樹葉沙沙及海鷗鳴叫聲，還聽到只離他幾十公分的吉兒和羅伯的呼吸聲。

他必須承認，把其他事情都拋開，這個「現在」感覺還不賴！

而且，在他心底深處有個小小的部分也承認了「現在」的感覺很美好，其中很大一部分是因為和吉兒在一起。

還有，對啦，傑瑞特也在這裡，他也占了一部分，在嶄新的「現在」裡。只是，在美好的感覺之中，他那一份占的不是很大！

班傑明笑了。

嶄新的現在。

他喜歡這句話聽起來的感覺。

這個嶄新的現在還沒結束，還早得很！

但有件事他們三個必須要做，一起做，而且現在就要做。

因為，他們就是得這樣啊，對不對？

沒錯！

班傑明站起來。

「各位，我們最好繼續前進囉。」

他伸出手把羅伯拉起來，也拉起吉兒。

「還有很多事等著我們呢！」

「是嗎？像是**什麼？**」傑瑞特問。

又是那種調調。不過，班傑明沒有發作。

他說：「嗯，首先呢，在我回遊艇碼頭之前，我要回去我媽的房子一趟，跟我的狗玩一下。有誰要來呀？」

吉兒立刻說：「我要！」

傑瑞特笑了。他試著不笑，但還是憋不住。

「好啊，」他說：「有什麼不好的？這個星球上，尼爾森是我唯一喜歡的狗呢！」

四分鐘後，尼爾森猛搖尾巴奔出廚房的門，班傑明看吉兒和羅伯都笑開了，而且還發出咕咕聲，試著要抓住牠。

這是他這一整天看到最棒的一幕。

13 入水口

迅速看了一眼湯姆．班登的客廳，班傑明就知道他和爸爸是最後到達的人。湯姆已經擺好幾張摺疊椅，班傑明毫不意外的看到有張桌子上堆滿了零食點心，就在那扇面對巴克禮海灣的大窗旁邊。那老傢伙對水果還真是狂熱啊！而且桌上還有一個高高的巧克力蛋糕，也許是金太太帶來的吧，希望是啦！

裝在邊窗的冷氣發出很大的聲響，不過這房間還是很熱。唯一一個看起來不會燥熱的人，是羅伯的奶奶；班傑明很高興見到她，也很高興傑瑞特把她引上了這艘船。這是個好預兆，表示這傢伙應該還算有人性。

大約兩個鐘頭前，吉兒通知他開這場會議，這是她的點子。「接下來這幾天是關鍵，我們大家必須同心協力。最好的方式就是開個會，而你呢，要負責主持。」

她說了算！

所以，他只有幾個小時去焦急、煩惱這件事，這些時間已經足夠讓他的胃打結了。他和爸爸從遊艇碼頭走過來時，雖然天氣熱到爆，他的手還是又冷又出汗。

不過，現在往這房間內看一圈，他感覺好一點了。首先，這群人不是非常多，有吉兒、羅伯、湯姆・班登、金太太、羅伯的奶奶、吉兒的爸媽、他自己的爸媽，還有律師哈洛德・喬姆登。不算他自己的話，共有十個人。

接著，班傑明想到有些人沒來，像是銀行的亞瑟・萊登，還有從社會課招募來的七個同學，加上因曼老師。所以，連他算在內，總共有……二十個，二十個學校守護者！他想起金先生過世那天，他感到多麼孤單，當時搶救學校的重責大任只落在他一個人身上。

現在這樣實在**好多了**！

他爸爸走過來坐在媽媽附近，班傑明真希望自己也能這樣，但是吉兒和他對看一眼，她的表情就是在說：「喂，該你上場了！」

班傑明清清喉嚨，低頭看著他寫在一張資料卡上的幾個項目。很短，列出來的沒幾項。

「嗯……嗨，大家好。我們開始吧。首先，我想請羅伯說說我們今天在學校下層地下室發現的東西。我們是去找第四個保護裝置。」

班傑明立刻明白，原來主持會議並沒有那麼可怕，只要跟別人說要做些什麼就行了。

羅伯描述了一下他們的探險經歷，並舉高他的 iPad 秀出照片，說明他們的發現。班傑明看到大家的反應各不相同。羅伯的奶奶看來非常以羅伯為榮，而且他的解釋很清楚，每個人顯然都對他印象深刻，甚至連吉兒也是。

那位律師喬姆登先生在一疊黃色長形紙上飛快的做筆記，羅伯講完時，他就問了第一個問題。

「你可以把那些影像的檔案用電子郵件傳給我嗎？再加上短短的說明，解釋一下這些東西的位置在哪裡。」

羅伯點點頭。「會全都寄給你，還加上註解。」

金太太舉起手，班傑明指著她時，她對那位律師說：「不過，孩子們發現了這些很棒的東西，難道不能阻擋開發商嗎？他們怎麼還有權力拆掉那棟房子？」

律師說：「這可能和地下祕密通道的情況很像。就法律上來說，葛林里集團對那整片物業已經具備有力的主張，只要他們做出保護重要歷史物件的表現，他們還是很有可能被允許進行開發計畫。」他聳聳肩。「我們必須對法官充分陳述我們的論點才行，再看看事情會怎麼發展。」

這些話似乎嚇到大家了，班傑明感覺應該轉移內容，談談令人開心一些的事，所以他問律師：「房產的部分有任何進展了嗎？」

喬姆登先生笑開了。「當然！在這條海岸線上上下下，我們已經幾乎把葛林里不動產集團踢出去了。所有的賣家都很高興能夠獲得更好的出價，而且他們也很願意賣給本地人。葛林里的預期獲利會被吃掉很大一塊，這也會讓許多海岸地帶避免過度開發。」他又聳聳肩。「當然，我說這些並不表示葛林里就會放棄這樁買賣，他們搞那個主題樂園還是會賺到很多錢。」

大夥兒又湧現一陣關切的低語，班傑明想再提振一下氣氛。

他環顧室內，笑著說：「嗯……好消息是……」但他想不出有什麼好消息，其實並不是真的有什麼好消息，所以他說：「……嗯，我們有整整一天半的時間可以找出船長的最後一個保護裝置。還有，我忘了說，我們今天招募了七個新同學來幫忙我們，加上我們的社會老師——因曼老師。而且別忘了，那裡有個巧克力蛋糕，加上兩大盤水果。」這話引起了一些笑聲，但沒有持續很久。

班傑明問：「還有誰有新消息嗎？或者對於接下來一天半我們可以怎麼做有什麼想法？還是……有任何意見？」

吉兒的媽媽站了起來。

「我認為，我們應該對葛林里發動強力的公關攻擊，把他們雇用冒牌工友並偷走地下祕密通道的無恥手段全都公布出來。我們還應該利用新的那份遺囑但書，而且把今天孩子們發現的事都說出來，這一定可以讓保存派再度燃起鬥志。我們應該來個大爆料，吸引整個地區來關注這件事。葛林里公司在乎他們的公共形象，對吧？那我們就跟他們正面對決，好好的搞臭他們，而且明天就得做，不然就太晚了！

這就是我要說的！」

看來那位律師想回應她，但是羅伯先開口了。班傑明很高興的是羅伯表現的態度非常尊重，而吉兒正瞇著眼睛看羅伯。在這種時候，實在不必讓其他守護者看到傑瑞特和吉兒之間的對戰。

「艾克頓女士，這些我們也想過。而且，事情確實可能像你說的那樣發生。但是，明天不行。」他打開iPad，快速滑動幾下螢幕。「我們來聽聽看歐克斯船長是怎麼說他的最後一個保護裝置。班傑明和吉兒發現的第一樣東西，就是如何找到保護裝置的線索；這些話就是從那裡來的：『最後，**只有在絕對必要時**才能去尋找最後一個保護裝置。因為只要它被找到，我們學校就會永遠改變。』所以，最後一個保護裝置可能很特別，船長一定也是這麼想。在把所有東西呈給法官並且和葛林里的律師團大會戰之前，我們還有一些時間可以待在學校這棟大樓裡。我們希望能盡全力、好好的利用這段時間。」

律師想講最後幾句話。他站起來，慢慢看著四周。班傑明想像得到他站在法庭對這場審判做出最終論述的樣子。

「不管接下來會發現什麼，就算我們向法律系統提出所有的文件和證據，或者讓它曝光、讓它受到更多公眾意見的關注，仍然有很大的可能性是，葛林里的立場實在太有力、太牢不可破。對於這一點，說真的，我實在無法想像有什麼東西可以完全擋下他們的主題樂園計畫。我們所有的努力最後可能還是付諸流水，這個可能性非常高。如果我沒有讓各位清楚知道這一點，那我就沒有做好我的工作……我很遺憾，但這是事實……就我看來是如此……依目前來說。」

喬姆登先生坐下來，眾人陷入一片沉默，班傑明覺得這場會議好像突然打滑摔進一個巨大的入水口，打碎了他們所有的希望和樂觀，全部消失無蹤。不過蛋糕或許不算在內吧。

在意想不到之際，有人伸出援手。

羅伯的奶奶站了起來。「這些專業我一樣也不懂，不過，我要說的是，看到這些年輕人做的事、他們的理念和主動的精神，我很高興，也很感動。不管之後怎麼樣，他們做的好事，一定會有好報，這點我可以完全確定！」

所有的大人都跳起來拍手，包括那位律師。接著湯姆大喊：「好耶，那咱們來吃東西吧！」

會議就這樣結束了。

關於那個蛋糕，班傑明想的沒錯，是金太太帶來的，而且比上次的還要好吃。

不過，儘管蛋糕再怎麼好吃，而且吃完蛋糕後還咕嘟喝下那杯香濃的冰牛奶，班傑明仍舊不能拋開律師最後說的那些話……**我們所有的努力最後可能還是付諸流水**。

14 野獸的大嘴

星期二，看來是個風和日麗的六月早晨，雖然還是悶熱不舒服。陽光耀眼，每棵樹都長滿綠葉，學校院子裡的每叢矮樹和花朵都綻放出繽紛的色彩。還有，班傑明決定了，坐在他兩邊的朋友變成他真正的好友了，而吉兒可能是屬於比好友再好一點的那種……在將來的某一天吧！

不過這些一點用都沒有。班傑明覺得很慘，大家也這麼覺得。

他們坐在歐克斯船長的墓石上默不作聲、陰鬱消沉，因為昨晚一台喝柴油的怪獸悄悄爬上華盛頓街，他們想裝作沒看到都很難。雖然它離學校還有好幾百公尺遠，但那台將把學校夷為平地的機械，它的大小和它展現的威力還是壓倒了他們。

班傑明、羅伯和吉兒在上學前半小時約了見面，打算開始找出最後一個保護裝置。但是，那龐然大物的毀滅力量震得他們像肚子上被打中一拳。之前班傑明在那台機器旁慢慢走一圈，讓他聯想到古時候的大型投石器，那是中古世紀用來攻擊城堡用的戰爭機具。

這台機器幾乎整台都是黃色的，它的卡車部分長達六公尺，引擎部分和垃圾車差不多大，連接的大怪手則高達十八公尺。它本身就需要另外一台拖車來載。怪手末端是一排有齒的斗，像下巴一樣，因此看起來就像個機械巨龍。這台怪獸的嘴裡被噴上血紅色，應該是某人開玩笑的結果吧！以前它嚼過的混凝土和磚塊，把它的鋼牙打磨得金光閃閃。

班傑明想到他做過的一個惡夢，是關於學校消失的那一天。他夢到一個錘球打破牆壁，還盪過來。而現在，這個大怪手要來嚼碎這個地方，比較起來好像更糟。那台怪手張著大嘴發笑的樣子，讓他想起李曼的笑容。

這的確奏效了，讓班傑明一整個光火起來，這陣強烈的憤怒感激醒了他。

「嘿，」他說：「那東西只是裝在一台卡車上的破銅爛鐵，對吧？它會從這裡滾出去，就像它來的時候那樣。所以，我們要集中火力，好嗎？」

他的聲音聽起來很空洞，好像連他也不相信自己說的話。

他又試了一次，這次是用心講。

「而且別忘了那份遺囑但書，還有地下室那些照片，以及我們醞釀在最後一分鐘才要拿出來的東西。來吧，各位，我們現在不能退縮。『一顆靜止星，地平線遠去』，這是我們現在要認真想的部分。今天對我們來說是大日子，我們要來找星星啊！現在導師時間快要到了，可是至少我們可以做給瓦力和李曼看，我們沒有放棄。讓他們瞧瞧，這地方還是我們的！」

吉兒先動了。她轉頭，不看那台大機器，站了起來。

「對，」她說：「坐在這裡，簡直像是島上的猴子一樣，毫無用處。我們走吧，羅伯。」

羅伯紋風不動。「我可不需要啦啦隊來告訴我該做什麼。只要我高興，我愛坐在我這個島上多久都可以。所以，你們閉嘴好嗎？去找根香蕉來給我吧！」

又是這種惡劣的態度，而且自從昨天早上傑瑞特撞見瓦力之後，情況愈來愈糟。

班傑明怕吉兒又要發作，而且，她還轉身對著羅伯踏上一步。班傑明心想，這下慘了。不過，吉兒卻越過去看著班傑明，賊賊的笑著說：「你知道猴子喜歡什麼勝於香蕉嗎？他們喜歡玩……追背包！」

她不動聲色，一把搶走羅伯的背包，跳下地面。

「來啊，班傑明，來玩鬼抓人！」

班傑明跳下去，吉兒把書包丟給他。

「嘿！」羅伯大喊：「相機在裡面耶！」

吉兒像猩猩那樣咕咕叫。「我聽不懂啦！」

「**你死定了！**」羅伯叫著，翻身下來。「你聽到了沒？」

吉兒從班傑明手上搶走背包，朝學校前面跑去。「好嚇人喔，香蕉腦袋。」她轉頭叫著：「看你是不是像猴子一樣可以抓到我？」

羅伯跳下墓石，經過班傑明身邊，出拳往他肩膀捶了一記。

班傑明縮一下，隨後笑笑的說：「以猴子來說，這拳不賴！」

傑瑞特急忙停下腳步。「是嗎？好，再來一拳！」

不過班傑明準備好了，他躲過下一拳，但看到羅伯微笑了一下下。他們真的很愛鬧耶！

班傑明向後躲開，所以羅伯轉身就朝學校前面走，而這時班傑明大喊：「嘿，傑瑞特，等一下啦，我有事跟你說。」

傑瑞特又停下來，轉身面對他，挑釁的說：「是喔？**怎樣？**」

班傑明差點縮回去，幾乎要說：「沒事。」不過他還是走向傑瑞特，強迫自己繼續說：「昨天上學之前，我躲在新大樓外面步道那邊的樹叢裡。我本來要跳出來嚇你一跳，就是那種很蠢的惡作劇。」

羅伯在回想時，班傑明看到他臉上閃過一陣若有所思的漣漪。

傑瑞特看著他的眼睛。「所以……你也看到瓦力了，對不對？」

班傑明點點頭。「嗯，我看到你把他推開，然後跑掉。你真的超猛的！」他停了一下，等待對方解釋，不過羅伯好像沒有要說什麼。

班傑明繼續說：「那……瓦力跟你說了什麼？」

羅伯往下看，聳聳肩。「還不就是一堆垃圾話。他說我應該跟他同一國。你相信嗎？他說，李曼不是那麼信任**他**。他還說……」傑瑞特住口了，他又盯著班傑明，「他……他說，李曼不是真的很信任他，就像你和吉兒不是真的很信任我一樣。」

班傑明驚訝的下巴都掉下來了。「他**那樣**說？**奸詐小人**！那是我聽過最蠢的事了！我是說……你知道那真的很瞎，是吧？」

「噢……對，就是說啊！」傑瑞特說：「鬼話連篇！」

不過班傑明聽得出他停頓了一下，就那麼千分之一秒。因為瓦力這招還真的擊中了一個脆弱的地方。

班傑明沒有移開目光。「聽我說，羅伯，那**真的**很扯。我是說，你……你就像我兄弟一樣，真的。如果不是你的話，我和吉兒應該大部分時候都會被擊垮！我也聽到你對瓦力吼的話，你說得沒錯，那白痴**什麼都不懂**啊！」

羅伯微微笑了一下。「你的兄弟，是嗎？」

「是啊，」班傑明說：「我用生命來信任的弟弟，是比我聰明、比我暴躁、比我討厭好幾倍的弟弟！」

傑瑞特笑了，作勢要捶打班傑明的手臂，卻在最後一秒鐘停手。

「喂，兩個猴子男！」

是吉兒，她在學校前面的角落對他們大喊，還舉著羅伯的書包揮舞。「你們打算在外面混一整天，是吧？」

傑瑞特跑去追她，班傑明也跟著，他們繞過角落時，吉兒跑得不見人影，羅伯的背包被放在前門階梯上。他們一起翻找出通行證，但辦公室裡的韓登太太從窗戶跟他們揮揮手，開了門放他們進去，就在第一聲上學鐘響起時。

班傑明跟著傑瑞特進入穿堂，他們的心情立刻改變了。該是時候上工了。

呃……

學校裡面的溫度比外面大概高了十度，他真想轉身從大門口走回去，不過，這棟大樓現在就是戰場，他們必須忍受它的熱。

班傑明往右指。「我要去導師教室了。你是去那裡吧？」

「對啊，」羅伯說：「我要去圖書館還書。」

他們開始走著，班傑明感覺得出來，他們之間的張力已經消失了。感覺真不賴。

經過護士的辦公室時，班傑明停下腳步，抬頭看著殖民地時代的愛居港地圖。羅伯也停下腳步。

大約十秒後，傑瑞特說：「那個想法挺不錯的，普拉特，但是這玩意兒上面沒有什麼星星哩。我要去圖書館了，不然導師時間會遲到。」他走了，但班傑明還待在那兒。

傑瑞特猜得沒錯，班傑明**的確**是在找星星。要解開最後那條線索，這裡和別的地方一樣，似乎是個不錯的起點。他站在那裡仔細研究那幅大圖的每個角落，一直站到導師時間鐘聲響起。

不過，羅伯說對了。真討厭，那上面一顆星星也沒有。

所以說……他真的聰明到那麼快就看得出來了嗎？

班傑明聳聳肩。不管怎樣，傑瑞特都不會再讓他覺得驚訝了。

班傑明拖著腳步經過圖書館，然後轉向往南走。他這才明白，從美術教室的窗戶會看到大怪手。想到這裡真令人不開心，所以他把心思轉回眼前的問題上。

一顆靜止星，地平線遠去……

悶熱、潮溼，感覺時間不斷在流逝，這些組合起來還真糟糕！今天是學校上整天課的最後一天，他們還有一個線索沒解開，而且就算解開並找到了最後那個保護裝置，也不知道可不可以拯救這所學校。

還有這個港。

還有這個鎮。

班傑明讀過一些著名歷史戰役，贏的那一方通常是擁有許多資源且能力強的領導人，而且有強力的攻擊計畫。

資源呢？

沒錯，他們的聯繫很不錯，有很多錢，還有一整組情報人員和盟友，遍布了校內與校外。

能力強的領導人？

算是有啦，他、吉兒和傑瑞特已經證明他們可以解決問題，而且在變動的情勢下能夠迅速反應。

強力的攻擊計畫？

沒有。今天沒有。

這是個問題。

因為在一棟老房子裡到處晃來晃去，找什麼和星星有關的東西，那不算是能夠打勝仗的計畫。

真的，那根本就不是計畫。

15 拔河比賽

導師時間，班傑明都沒有去看南面那些窗戶，但是其他同學全都看到了。

「酷！那個大怪手的斗還真大！」

「我猜它只要十分鐘就可以推倒這個地方了！」

「對啊，我和湯米昨天晚上爬上去了，我們還爬進控制室裡喔！」

「真的，那東西超猛的！」

美術教室那些高高的窗戶全部大開，不過還是熱得很恐怖。早上八點鐘，氣溫已經接近三十度，而且二樓、三樓可能更熱。

班傑明的手機震動起來，有簡訊……是傑瑞特傳來的，他也發給吉兒了。

一顆靜止星……會不會是北極星？

這個想法不錯……還是一樣聰明啊！但這樣並沒有更容易找。班傑明回覆了傑瑞特和吉兒。

沒錯，好點子。

有人看到李或瓦嗎？

吉兒回覆：

李和瓦在視聽中心裝設今晚演奏會要用的表演台。

順便說，我給了舊五號一台新機，現在是九號。

傑瑞特補充：

順便說一下，我傳了笑話給五號機的瓦，然後封鎖他將來的所有訊息。

大家一起來設定、封鎖聯絡人，傳出去吧！

傑瑞特傳笑話給瓦力？班傑明忍不住了。

什麼笑話？

傑瑞特寫著：

來來回回，我先開始的——

敲敲門。

是哪位？

是瓦力。

哪個瓦力？

不太聰明的瓦力！——掰

班傑明笑著把手機收起來。比起和傑瑞特相處在一個屋簷下，跟他傳簡訊可好玩多了。

晨間宣布事項的鐘聲響起，一個四年級學生代表唸完效忠誓詞，換泰默校長在廣播裡講話，完全公事公辦。

「這條新聞非常重要，所以請大家注意。由於氣象預報的氣溫及溼度太高，我已經指示教職員將所有一般課程挪到室外校地來進行。

午餐照常在餐廳供應，上下課鐘聲維持不變。我相信這會引起一些問題，但是為了因應目前的情況，這似乎還是最好的辦法。此外，學校護士提醒大家要多喝水，不要直接曝曬在陽光下，並且避免額外的體能活動。視聽中心裡面有冷氣，所以今天晚上音樂會的彩排在放學後照常舉行，晚上的音樂會也照常。謝謝。今天是學期結束倒數第二天，祝大家有個安全而快樂的一天。」

大約半秒鐘，班傑明心想：耶！今天可清閒了！

接著他才想起來。

他、吉兒和羅伯今天真的需要在**裡面**，不然就永遠沒機會了。

他的手機嗡嗡響起，是吉兒傳簡訊來。

我正在處理。

啥？

他還沒來得及回覆，溫爾頓老師拍手兩下說：「聽好了，第一節要上我的美術課的同學，到教室後面集合。」

三分鐘後，溫爾頓老師把一大疊素描本堆到班傑明手上，要他拿去外面。這時吉兒走進來，班傑明看了相當驚訝。她直接走向美術老師，交給她一張字條。

溫爾頓老師讀了字條，伸手去把班傑明抱著的一疊本子拿回來。

「對不起，」她說：「你要去圖書館工作。」

他們來到走廊上，班傑明才把事情拼湊起來。

「原來你第一節是因曼老師的課！」

「正確答案，普拉特先生。她寫了字條問美術老師，你這節課是不是可以來做一個特別計畫。」

「那傑瑞特呢？」

「也是一樣啊，可是柏斯特老師希望他留下來，坐在外面的樹下解數學問題。不過，後來他爭贏了。」

傑瑞特跟那個數學老師爭？

班傑明有夠驚訝的。

他和吉兒走在空蕩蕩的走廊上，轉個彎朝圖書館前進，然後跟著她走到靠東牆的壁櫃。感覺上，每樣事物都這麼熟悉，都這麼**對**。他們就是在這裡的長椅下找到那份遺囑但書……牆上的玻璃櫃裡是銀色的經度儀，兩個指針都指向下——五聲鐘響。班傑明不敢相信，那不過是一個月前的事……就一個月！

時光飛逝，實在快得難以想像啊！

他在長椅坐下，突然覺得有點頭暈，兩手抓住面前的桌子邊緣。

昨天下午躺在草地上的那個感覺，就是「現在」的感覺，又闖進他的腦袋裡。這次感覺更加強烈了，他完全確定，「現在」是無與倫比的重要。

同時，他有個強烈的感覺，**此時此刻**，永遠不會再有了。

那感覺並不是悲傷，他覺得是……自由。

對，自由，因為……

「班傑明……」吉兒很關心的看著他的臉。

「什……什麼事？」他問。

他嘴上講出來的是這樣。

但他心裡想的是：她的眼睛一直都是這麼藍嗎？

吉兒說：「你表情超怪的……你沒事吧？」

他笑了笑，感覺到脖子漸漸發紅。「還好……我沒事啦。」

這些聲音從他嘴裡吐出來，他明白到，這可能是他說過最誠實無欺的話了。

不過，他還沒能享受此時此刻，羅伯啪的一聲把書包摔在桌上，說：「閃邊一點，普拉特，準備大吃一驚吧！」

他們倆都看著他。

羅伯說：「關鍵的問題來了：你們想，誰是這整個學校最聰明、懂最多、最有智慧又最厲害的人？我是說除了我之外喔！先生小姐，認真想啊，因為，我想我們一直忽略了一項最重要的材料，一個重點夥伴和顧問，這個情況我們真的必須改正過來。想到了沒？全校第二聰明的人是誰？」

班傑明笑開了。「你是說李曼嗎？」

他被白了一眼。

「正經點好嗎？再猜一次。」

班傑明根本不需要猜，他光是看著吉兒就行了。

從她臉上的表情看來，顯然她明白了，所以，班傑明只要跟著她的眼神就行了。

接著，他也明白了。

他想起，從二年級開始，每次要交讀書報告、每次要完成專題、每次要弄出個答案的時候，每位老師都會跟他說：「如果卡住了，可以去找圖書館員幫忙。」

班傑明說：「傑瑞特，這句話我只說一次，所以，你最好趁機好好享受吧。你真是個**天才**啊！」

傑瑞特微笑，「對啊，這我知道。我們走吧！」

吉兒沒有動。

她皺著眉頭，說：「嗯……我知道，我也同意辛克萊老師很聰明又很厲害啦，而且她在這個學校很久很久了，她可能知道有什麼可以幫上忙。但是，你們看過新學校的圖書館規畫了嗎？那很驚人耶！我想她可能會很期待這個改變。我不確定能不能向她坦白**所有的事**，除非真的有這個必要。」

羅伯聳聳肩。「隨你囉，我只是想到了而已。」

誰都看得出來，他是假裝不在乎。

接著，他突然暴怒起來，加了一句：「哼，跟以前一樣，你跟**她**一國的吧？**普拉特？**」

班傑明幾乎要發脾氣了。

首先，半小時之前，他們才剛剛談過，談到信任彼此、談到跟兄弟一樣什麼的，難道他都忘了嗎？

第二，他卡在這一關也卡太多次了吧？班傑明很想對羅伯大吼，真的對他們兩個大吼：**為什麼每次都要演變成這種拔河比賽，而且為什麼我每次都是那根繩子？**

但他心想：**不行，不能再這樣下去了！**

下一瞬間，他立刻明白他**必須**這麼做。

他必須維持和平，必須讓大家同心協力一起工作，他必須讓所有的努力繼續往前。那就是他的工作。

他深吸一口氣，然後說：「你們說得都對，不管什麼幫忙我們都需要，而辛克萊老師可能有一些不錯的點子。**但是**，搬到新學校這件事，她可能很在乎。所以，我們何不來試試吉兒的方法，先不跟她坦白說，看看是不是能套到些什麼。」

班傑明看著他們兩個。「可以嗎？」

兩邊都不太喜歡他的答案，但是班傑明不在意，他的工作不是取悅他們，而是試著保衛這間學校、這個港口、這個鎮。

他們倆都不情願的對班傑明點點頭。

「好。那麼，吉兒，既然是你認為要小心，就由你去開口吧。」

「可以啊，」傑瑞特說：「那我就在這裡等囉。」他隨即抽出他的iPad，掀開保護蓋。

班傑明又差點要發作了，不過他沒有。

「不賴嘛，傑瑞特，謝啦。」

他都這麼客氣了，羅伯卻聳聳肩，用一副超級討人厭的死樣子來回敬他。

但是，班傑明不做任何回應。

他站起來，跟著吉兒走向圖書館員的櫃台。

16 縱觀的視野

圖書館的櫃台前，班傑明站在吉兒身旁。

那麼……吉兒和他一樣覺得壓力很大嗎？他真的覺得一定要向傑瑞特證明，吉兒不需要說出守護者的祕密也能從圖書館員那裡得到有用的資訊。雖然他剛剛稱讚傑瑞特是天才，雖然他真的喜歡他，也尊重他，但還是要有人讓那個傢伙知道，他不是什麼統治宇宙的獨裁君王……對吧？

辛克萊老師抬起頭，看著他們微笑。

「有什麼事嗎？」

吉兒說：「嗯……我只是問一下喔，老師，你能不能想到學校裡的什麼東西和星星有關呢？」

這位圖書館員點點頭。「有很多書是和……」

吉兒搖搖頭。「不是啦，我是在找某個可能和學校建築物有關的東西，例如說某個書架，或者門上的雕刻之類的……或許是在學校某個地方曾經看過的圖樣，也可能是地板上有星星形狀，或是牆壁……天花板……還是門把……」

吉兒的聲音漸漸拖長，班傑明看著她開始臉紅，看著她知道自己說的話一定讓辛克萊老師覺得她瘋了。

不過，就算這位圖書館員心裡確實這麼想，她也沒有表現出來。「嗯……我想想看……和星星有關的啊……沒有，我沒有想到什麼有關星星的東西。可以再更明確一點嗎？」

「嗯，如果說某個地方**真的**有某個東西是那樣，那肯定很老、很舊，像歐克斯船長本人那麼老的……某個……和星星有關的東西。」

吉兒又尷尬了起來，但辛克萊老師看起來像是靈光一閃。

「噢！我想到一個東西了……來這裡！」

她往左一轉，很快走向圖書館東牆，然後停在壁櫃左邊，很靠近傑瑞特坐的位置。傑瑞特還瞪著 iPad，假裝沒注意到他們。

辛克萊老師停步，用手指著。「你看那裡！」

吉兒很疑惑，班傑明也是。她指著一本完整版大字典。眼前這本字典攤開在一個專屬於它的堅固小架子上。

「字典？」吉兒說：「我看不出來這有什麼……」

「不，不是字典。」辛克萊老師說。她很快把那本大書拿起來，放在右邊的架子上。那本大字典把整個展示櫃的玻璃檯面都蓋住了。

「看到沒？」她指著玻璃櫃裡說：「這是航海定位的儀器，叫做六分儀，是歐克斯船長使用的。它沒有任何星星的形狀，至少我認為是沒有，但那上面的望遠鏡筒，我相信那是來瞄準恆星，或者有時候是瞄準行星用的。看到星星之後，定位員可以調整這個工具，然後從上面讀出資訊，找出船的位置。」

有兩個女孩進入圖書館，每個人都抱著一疊書。辛克萊老師看著她們說：「我得回櫃台去了，希望這對你們有幫助。」

吉兒微笑說：「謝謝，我們需要的可能就是這個。」

班傑明很確定它並不是。不過這東西很有趣，而且做得很漂亮。它是由堅固的古銅打造而成，沒有一點汙垢，襯著紫色的布裝在一個木箱裡。他在清水帆船俱樂部看過一個展示用的現代六分儀，不過即使那是新的，就現在來說也可以算是古董。自從無線電和衛星訊號解決這個問題後，現在已經不太使用六分儀來指引方向或定位了。

吉兒突然抓住他的手腕，讓班傑明嚇了一跳。

她伸出手指，悄聲說：「你看！」

班傑明看到刻字，在一面銅片上，銅片貼附在箱蓋的內面。

六分儀　傑西．羅姆斯登製作
倫敦，一七六三年

以此儀器及一顆靜止星，
我安全的導引我的船，穿越大西洋十六次。
此物曾經上鎖，存放於我的船艙，
現在我已從海上歸返，便將它留於此地，提醒每個孩子：
定出真正的航線，然後爬到上面，睜亮眼睛看著。

鄧肯．歐克斯　一七九一年四月十二日

一**顆靜止星**。和最後一條線索一樣的文字！這一定不是巧合！

「還有那個日期！」吉兒悄聲說：「和那銅片上的日期完全一樣，就是我們找到一堆線索的那個銅片！」

班傑明的心思轉得飛快，吉兒還握住他的手腕。他甩開手，拿出他的手機拍下那塊小小的牌子。

「趕快，」他說：「把字典拿來擺回去……」

太遲了。

李曼站在他們身後大約一公尺半的地方，靠著一個書架微笑著，嘴角還叼著一根牙籤。他從背後口袋裡掏出一條抹布，來來回回擦著書架前面。

「你們知道嗎？」他說：「看到小孩這麼興奮在學習新事物，很激勵人心呢！看得**我**都想學學新東西囉！」

吉兒對他翻了個白眼。

「也許你可以學學做個更厲害的騙子，」她說：「或是厲害一點的間諜，甚至將來某一天做個更好的人，但我對那部分就不抱什麼期望了，**李曼先生**。不過呢，現在最好的就是，你走去別的地方好好做個工友，不要整天跟蹤我們。如果你**現在**不走，我就要叫辛克萊老師過來，跟她說你對我們講難聽的話。」

吉兒正在說的時候，班傑明轉過身去，手機握在手裡。

李曼還是微笑著。「哼，**艾克頓小姐**，你去叫人來啊！我看到那個展示櫃上有不少髒髒的指印，還有灰塵呢！如果大人要工作，拖著鼻涕的小屁孩就必須閃一邊去。」

李曼上前一步，伸長脖子要看他們剛剛在看什麼。

班傑明迅速轉身，也上前一步。他抱著雙臂站在那裡擋住李曼。他感覺有東西抵到他的手肘，原來是傑瑞特在他身邊用 **iPad** 錄影。

羅伯說：「嘿，李曼先生，可以給我們一個『我為葛林里集團工作』的微笑嗎？」

「小鬼，讓開。」他舉起他的抹布。「我在這裡有工作要做，你們卻在擋路。」他的微笑消失了。

班傑明搖搖頭，說：「你得把我們推開才行。你也可以去找圖書館員來幫忙，或是去找校長；再不然，你可以去叫你媽咪過來呀，**李曼先生**。」

和一個氣炸的人面對面可真不好受，這比上星期被校長臭罵一頓還要可怕。李曼的眼睛瞇到只剩一條小縫，而且還狠狠咬住他嘴裡的牙籤，班傑明都能聽到牙籤喀拉斷掉的聲音。

室內分機響起，是韓登太太的聲音。「辛克萊老師？李曼先生在圖書館嗎？」

班傑明笑了，他看到那男人聽到自己名字時，臉色立刻變了。李曼挪開目光，看向櫃台，那位圖書館員正在回答。

「是啊，瑞塔，他在這裡。」

「請他馬上到三樓，女生廁所有個水槽滿出來了，李曼先生的助理根本沒消沒息的。」

傑瑞特的眼睛沒有離開過 iPad 螢幕，不過他露出笑容，輕聲對他正在錄製的畫面說：「再見啦，李曼先生。」

室內分機沒有聲音了，辛克萊老師說：「傑若，我猜你應該都聽到了吧？」

李曼轉身，走向門口。「當然。我這就去。」

班傑明聽到他的聲音裡有一絲假笑，而且李曼還加了一句：「這棟房子被拆掉實在是太好了，也該是時候讓這棟老舊垃圾從它的悲慘命運裡解脫了！」

班傑明知道工友是刻意對他們說的，不是對辛克萊老師。他出去之後，圖書館的門吱嘎關上，他真想大吼：**是嗎？好啊，傑若，我們走著瞧……！**

傑瑞特的反應則不一樣。

他直接走到圖書館員的櫃台，往前靠，說：「李曼先生剛剛說，拆掉學校會比較好？老師，你同意嗎？」

辛克萊老師看著羅伯，表情好像羅伯在侮辱她似的。「當然不同意！那種想法很糟糕，而且，遊樂園會毀掉愛居港！」班傑明和吉兒已經過來了，他們和羅伯站在一起。辛克萊老師看起來有點狼狽，很快的往四周看一眼，看看是不是其他人注意到她突然發飆。

辛克萊老師一一看著他們的臉。「我……我不是故意要發脾氣。泰默校長對我們說，督學要求所有職員對這件事情的意見只能放在心裡，不過，那是我的感受……確實如此。」

吉兒說：「我們有一件事要告訴你。我們四個人可以一起進小研究間幾分鐘嗎？」

圖書館員頓了一下，然後說：「這件事和你們那個星星的問題有關嗎？」

吉兒點點頭。「是的，有很大的關係，而且還有很多其他的事。」

辛克萊老師說：「舒伯特小姐在教師研究室，我把她找過來這裡的櫃台看著。你們先進去，我等一下就來。」

三個孩子把他們的東西從壁櫃那裡搬到玻璃圍起來的小研究間。他們一到工作桌邊坐定，吉兒立刻說：「羅伯，你對她的說法是對的，完全正確。我錯了。」

「別在意，」他說：「確認一下是好的。你也沒有錯啊。」

吉兒說：「幸好李曼得去修東西……」話沒說完，她看到班傑明臉上的笑。

「**噢！**」她對他微笑，慢慢的說：「你真**聰明**！是你發訊息給因曼老師的，她在三樓，你跟她說我們需要有人幫忙支開李曼！」

「那種事我還做得到啦！」他說：「你可不是唯一會運用密探的人喔！」

遙控導演了一齣解救行動，班傑明還期待受到更多讚美，不過吉兒已經把它拋在腦後，繼續向前推進。

她看著羅伯，說：「那，你覺得要怎麼讓辛克萊老師幫忙才是最好的方式？」

羅伯聳聳肩。「那要看她了。我們就把一切都跟她說，讓她跟上進度，然後看看她對於那顆靜止星有什麼想法。」

在他們兩人講話時，班傑明之前有過被拋開的那種感覺又爬回心頭，而且還加上他對傑瑞特的嫉妒，因為他這麼的聰明。不過，班傑明硬是把這種感覺擋下來。

不行——這樣很好呀！因為我首要的工作就是讓每個人都能夠同心協力。

這個想法解放了他，解放到他突然覺得自己好像浮在這間研究室的上空，甚至是學校和整個鎮的上空；當他往下看時，看到守護者和葛林里集團兩邊擁有各種不同的作戰資源。這讓他想起過去的海軍將領曾經在大張地圖上使用小模型船推演，並隨著戰爭的進程移動這些模型船，計畫下一步行動。他能夠看清所有的事物。

他看到，現在這整場戰爭靠的是僅僅一艘戰艦的成功行動……美國海軍**歐克斯號**，而他就是船長，班傑明．普拉特船長……或者說，至少他是目前的船長。不過他現在最大的任務，就是必須讓每一位守護者盡力發揮。要達到這一點，他必須做出良好的示範，並且鼓舞全軍的士氣。

因為普拉特船長對戰艦瞭若指掌，如果沒有真誠而持續的團隊合作、沒有聰明無私的隊員，這場仗可能在大砲還沒發射前就輸了。

而這場仗已經開打。第一砲已經開火了，現在不是生，就是死。他們面對的是一艘海盜船……**葛林里野獸號**，而雙方都想得到主控位置。野獸號配備精良、人員強悍，李曼船長辣手無情。除非**歐克斯號**能夠……

「好，告訴我這一切是怎麼回事。」

辛克萊老師坐在桌子另一邊，她明亮的灰色眼珠直視著他。班傑明趕緊回到現實，不過還沒有完全回過神來。

他沒有自己對辛克萊老師說明，而是說：「羅伯，你來解釋吧。」

因為，普拉特船長絕對會這麼做的。

17 拴著鏈子的狗

對於羅伯所說的守護者一事，辛克萊老師不只是感興趣而已，還非常的激動。當吉兒要她宣誓保密並加入，她甚至更加興奮，並且也加入了組織。

「我就**知道**！」她看著研究間桌邊的眾人，「我就**知道**你們三個一定是在做什麼特別的事！我在這裡待了二十三年，從來**沒有**一個研究小組像你們這麼用功、花這麼多時間。現在我知道為什麼了！」

班傑明說：「嗯，我們的進展不少，但是不確定能不能擋下葛林里集團。我們現在需要的是，不讓李曼和瓦力接近那個六分儀，我想李曼應該沒有看到它。我們還需要打開那個玻璃櫃，這樣才能看到最後的保護裝置是不是在那裡。」

辛克萊老師站起來說：「我們去瞧瞧吧！」

他們還沒接近那個櫃子，班傑明就注意到他先前沒看到的東西，而現在大家都看到了。

吉兒說：「有個鑰匙孔！」

辛克萊老師說：「不過我沒有它的鑰匙……當然，我從來沒有認真找過啦……」

羅伯掀一掀箱子的前面。「沒錯，是鎖住了。」

班傑明趕快回到研究間，在他的背包裡翻找，然後快步走回去，把那一大串鑰匙放在辛克萊老師面前的展示櫃。

那位圖書館員的嘴巴張得很大。「怎麼會……？」

班傑明說：「金先生把這些鑰匙留給他太太，要他太太把鑰匙交給我。」

羅伯指著。「試試這一把吧。」

他們都睜大眼睛看。羅伯看到了一把小鑰匙，上面有個獨特的圖案設計——一顆星星！

班傑明把鑰匙插進孔裡一轉，發出了輕輕的「噠」一聲，櫃子上蓋邊緣升起了幾公釐。辛克萊老師和吉兒握住蓋子往上掀，把裝有鉸鏈的蓋子整個掀開。

羅伯伸手要去拿裝了六分儀的箱子，班傑明卻說：「等一下。」他拍了三張照片。「好，可以了。」

「滿重的！」羅伯把箱子放在字典旁邊的架子上。「首先，我們來看看櫃子吧，看是不是還有東西藏在裡面。」

辛克萊老師立刻把六分儀的箱子拿起來，說：「我想，得先把**這個東西**放在安全的地方。」

她拿著箱子進入研究間，把它安放在桌上，然後打開一個櫃子，拿出一張紙桌巾。她把那個東西蓋起來，關門出來時，班傑明看到她鎖上門把。

回到這個小組之後，她說：「沒有別人有那個研究間的鑰匙，所以，咱們和氣的工友先生們想偷窺就請便吧！」

羅伯在展示櫃上彎著腰，並敲敲它的側邊和架子。

「我沒看到什麼祕密藏東西的地方啊！你們有看到什麼嗎？」

班傑明檢查了裡面，然後躺在地上用他的小手電筒由下往上照。

「傑瑞特說得沒錯，」他說：「這櫃子裡只有一層架子，我看到層板下面沒有什麼隱藏的隔間。」

吉兒說：「那把它鎖上，字典放回來，我們去檢查六分儀。」

辛克萊老師把鑰匙給吉兒。「你們三個去關在研究間裡吧，我來把這地方恢復原狀，然後我要繼續工作了，這樣別人才不會懷疑我跟你們是一夥的。」

他們三人進去站在桌子邊，吉兒把遮住木箱的紙拉開。班傑明伸手要拿六分儀，羅伯卻說：「等一下，普拉特。動手前，讓我先用好的相機拍幾張近照。因為我們很清楚歐克斯這個老傢伙，他很可能把訊息藏在這東西原本放置好的狀態中。」

傑瑞特拍了五、六張照片後，班傑明把六分儀從盒子裡拿出來，吉兒仔細的檢查盒子的裡裡外外，甚至還移開紫色的天鵝絨內襯。但除了這塊刻了字的小銅片之外，什麼都沒有。

「抬頭一下！」傑瑞特突然叫：「是瓦力！」

在瓦力接近研究間之前，班傑明把六分儀放回箱子裡，吉兒把整個東西再蓋起來。瓦力並沒有要進來，不過他確實是想看看他們到底在做什麼。

他解下一個勾在腰帶上的噴霧罐，在玻璃上噴了幾下，然後用布擦掉，留下一條條薄霧。但是他什麼都沒留意，只顧盯著這些小孩，那深色的小眼睛立刻鎖定桌上蓋著的突出東西。

羅伯說：「假裝擦玻璃的老把戲啊，這個遊戲可以兩個人玩呢，你們看著！」

他從一捲衛生紙裡抽出幾張，走過去，就站在瓦力面前，開始假裝擦拭玻璃內面。他模仿瓦力的每個動作，完全把他的視線擋住。他們倆差不多高，傑瑞特直衝著他的臉，盯住他的眼睛，露出笑容。

吉兒咯咯笑了起來。

他們看著這一幕，瓦力的臉漲得一陣紅一陣白，嘴唇上翻，露出一副苦相。

吉兒止住笑。「嗯……羅伯，我想，還是不要把他弄得那麼生氣好了……」

羅伯繼續擦玻璃，模仿瓦力的每個動作。

他輕輕的說：「我記得好像是你說的，說這個矮肥短的傢伙很容易生氣，所以我要看看是不是能把他激到最高點，來個大爆發，那他就完蛋了！老實承認吧，他如果消失的話，不是很好嗎？」

傑瑞特的邏輯向來都是那麼難以反駁。

但班傑明不喜歡這樣。難道這是因為那天早上瓦力對羅伯說了那番話嗎？因為羅伯這時候所做的，就像在逗弄一隻拴著鍊子的狗，純粹是懷著惡意。

瓦力突然轉身，重重踏步離開圖書館。羅伯說：「至少我把他趕走了。」

這倒是真的。不過，班傑明還是感覺不太好。

18 上面

熱浪，加上找出第五項保護裝置的壓力，加上永無止境的和李曼及瓦力玩捉迷藏，再加上傑瑞特時不時刺一下，還有吉兒永不停歇的敏感謹慎，這些讓班傑明已經準備正式宣布：六月九日，星期二，一整個亂七八糟，而且這天還沒過完，還早得很呢！

班傑明希望這天趕快結束。但，不是真的啦！

不過時間真的很緊迫。如果他和其他守護者不能解開最後一道線索，找出最後一個保護裝置，那就完了。葛林里集團只要撐到時間走完，這場競賽就結束了。歐克斯小學，再見；巴克禮海灣，再見；愛居港，再見。

今天一整天，不管因曼老師、辛克萊老師，還有其他守護者想出什麼方法，李曼和瓦力幾乎都在班傑明、吉兒和羅伯附近盤旋。他們就是不理會其他地方的召喚。光是上午他們三個在圖書館的這段時間，他們其中一個就會過來推著拖把，在走廊上來來去去，在各扇門之間進進出出。

有一次班傑明好不容易躲開，一個人去上廁所，出來時在走廊上被泰默校長看到，校長要他到外面去上他的第四節課。

午餐時間整個都浪費掉了，因為佛萊格老師收到指令說，不管任何理由，不可以讓任何學生從餐廳進入學校的房子裡，每個人都必須回到戶外。

他們三個放學後都要去合唱團和管絃樂團的彩排，不過班傑明看不出這會有什麼幫助。就算他們可以逃出馬森老師的法眼，只要一離開視聽中心，就會被李曼或瓦力給截住。

現在是第六節體育課了，他們人在哪裡？困在外面，坐著流汗。

班傑明躺在一棵橡樹下的草地，覺得這整天真是損失慘重，他們在最危急的時候白白糟蹋了機會。透過葉子，他看著有薄靄的天空，看到一隻孤單的海鷗浮在吹向海上的微風裡。

我們真的會成為愛居港歷史上待在這所學校的最後一屆學生嗎？

班傑明坐起來，打開他的 iPad，輕觸螢幕點開照片。

羅伯為那個盒子拍了一些很清楚的照片，除了六分儀本身，還有那塊小銅片。班傑明仔細看著每張照片，並且慢慢讀那些刻字，一遍又一遍。差不多讀到第六次時，最後那一行字跳出來：**定出真正的航線，然後爬到上面，睜亮眼睛看著！**

他從背包裡抽出一張卡片，潦草的寫下筆記。

他用手臂推推羅伯。「嘿，傑瑞特，記得你說過的嗎？歐克斯船長是怎樣把航海和造船的術語使用在學校這棟房子上？」

羅伯動都沒有動。「哼啊……上層甲板代表三樓，五聲鐘響代表經度儀上的六點三十分，『鉤』是腹肋板的簡稱，那代表走廊上的柱子。」他伸了個懶腰。「怎樣啦？」

「那麼，六分儀的刻文最後一句就有**三個**航海用語：定出真正的航線、爬到上面、睜亮眼睛看著！」

羅伯睜開一隻眼睛。「普拉特，你是真的要知道它們的意思嗎？我來幫你翻譯一下：找出正確方向，然後上三樓，看清楚四周。問題是，普拉特，我們已經去三樓幾百萬次了。我們找過所有的門，用所有鑰匙試過所有的鑰匙孔，敲過每一道牆和每一個櫃子後面。那裡什麼都**沒有**。什麼都沒有。」

吉兒搧走她臉上的一隻蒼蠅，除此之外，她躺著一動也不動，而且眼睛還閉著。「我知道我不像你們兩個是超級水手、海中之王，不過，『上面』和『上層甲板』不一樣吧？比如說，比甲板**更高**？」

羅伯坐直起來。「吉兒，**太棒了**！你看！」

她滾了半圈，一隻手肘支著她的下巴。他們現在是在新大樓外面的草地邊緣，所以可以看到原本學校的整個背面。

吉兒和班傑明往羅伯指的方向看，在藍天映襯之下，清楚得很。他所指的地方是小圓頂，在銅片屋頂之上的最高處。

「**那裡**，」他說：「那就是『上面』！」

19 都想好了

馬森老師站在視聽中心主要出口，把孩子們都趕去外面。「記得喔，你們要在六點四十五分回來準備音樂會……不要忘了穿上好看的衣服……還要記得帶樂器來喔！」

彩排很不錯，不過班傑明快急瘋了。因為守護者們現在有個清楚的目標，他們得想出怎麼「爬到上面」進入那個小圓頂，這樣就有希望找到最後一個保護裝置，而且必須盡快行動。

不過，遲到的校車已經在人行道邊緣等著了，馬森老師還監看著等每個小孩都離開學校這棟大樓，而且**兩個**工友還跟馬森老師一起站在門口呢！

吉兒比班傑明和羅伯先到門口。她停下來說：「我真的需要去我的櫃子裡拿個東西。」

馬森老師搖搖頭。「不行，吉兒。音樂會時見了。」他指著門。

瓦力也指著門。「是啊，」他奸笑著，「不行喔，吉兒。」

馬森老師古怪的看了工友一眼，李曼也好像很驚訝，不過瓦力不在乎，他根本沒注意到。班傑明瞥見之前看到的那種憤怒，瓦力的臉不像當時氣沖沖出了圖書館那樣漲紅，但這個人確實看起來很怪。

他們三人在學校後面走著，班傑明幾乎要說：「不然我們從北邊溜進去，用金先生的鑰匙從圖書館附近那個門進去吧？」不過他知道這招沒用。要去彩排時，傑瑞特已經經過工友的工作間，他看到工作檯旁邊放了一個很大的電扇，牆邊還有兩張摺疊行軍床。葛林里的哨兵**哪兒也不會去**。今天剩下的時間，李曼和瓦力會不斷的巡視走廊，而且說不定連晚上也會！

於是班傑明換個想法，說：「你們要不要來我家船上吃晚餐？我們可以叫披薩來吃，想出計畫，看看音樂會之後的晚上要怎麼辦。」

「我已經想好一個計畫了，」羅伯說：「不過，當然啦，吃披薩聽來很不賴。」

吉兒瞪了羅伯一眼，班傑明暗自慶幸被瞪的不是自己。

「都想好啦？」她說：「這麼**棒**啊？那你是打算什麼時候才要跟我們分享你的計畫呢？還是我們應該等著好好享受驚喜？」

「告訴你吧，」羅伯說：「你和普拉特跟我走到我家，讓我拿音樂會要穿的衣服，路上我再解釋。反正我會說清楚啦！如果你們不同意我的計畫，或是想加上什麼都好。我剛剛應該這麼說：『今晚的行動，我想到一些點子了。』」

班傑明才沒有被他唬住呢！傑瑞特的意思就是他本來說的那樣。

走到奶奶家的路上，他一步步攤開他的計畫。吉兒提供了一些點子，但是羅伯每次都耐心解釋為什麼他的方法比較好，而班傑明也同意，這傢伙還真的都設想好了。

披薩很美味，他們吃過之後，班傑明打電話給湯姆·班登，要他召集所有守護者來開個電話會議。星期二傍晚六點鐘，大家都上線了，包括七個新加入的同學、因曼老師和辛克萊老師。班傑明、吉兒和羅伯，還有班傑明的爸爸，他們坐在「時光飛逝號」的小客廳桌子邊，圍著桌上的手機。微風吹起，船輕輕的撞擊碼頭邊緣，不過沒有發出什麼影響到任何人的聲音。

首先，班傑明把今天的發現向大家報告。他很高興爸爸坐在他們這艘老帆船的沙發上微笑的看著他，一副很以他為榮的模樣。但接著他想到的是比較沒那麼愉快的事，他想到媽媽和她的手機正孤單的坐在胡桃街家中的廚房桌邊。

不過，班傑明必須專心，現在不能想私人的事。

班傑明說完之後，換羅伯說。他詳細解釋了今晚的計畫，說完之後，眾人一片同意並讚歎。班傑明聽到金太太的聲音說：「這個計畫真是太棒了！」

不過，羅伯對讚美沒有什麼反應，靜下來之後，他說：「那……有沒有什麼想法能讓它更好？」

辛克萊老師很快的丟出一個建議，羅伯立刻說：「太好了，那真的很有幫助！」

吉兒因此對他做了個怪表情。班傑明看到吉兒的眼睛瞇起來，雙唇緊閉。因為之前她提供的任何意見，羅伯都一一否決了。不過，吉兒這時候並沒有說什麼。

接著是吉兒的爸爸說：「請問，為什麼我們不直接叫媒體來拆穿這兩個冒牌工友，接管學校，然後大家一起去徹底搜索，把最後的保護裝置找出來？為什麼你們這些孩子要這樣偷偷行動呢？」

哈洛德．喬姆登律師在羅伯回答之前先開口說：「答案很簡單。學校督學和董事會都想要讓葛林里過關，包括鎮上很多其他企業主。如果今天晚上這事變成公共議題而對戰起來，督學有權力取消音樂會，並取消明天最後半天上學日，然後要求警察完全封鎖學校校地。我認為她會這麼做。所以我想等到明天白天再正式發起我們的法律行動和媒體造勢，確實比較明智。」

艾克頓先生繼續說：「可是，難道我不能今晚至少躲在學校裡，給孩子們做個後備支援？」

班傑明看到吉兒翻個白眼，接著對手機麥克風說：「爹地，我們已經去過那裡**幾百萬次**，你不要擔心啦！」

「但那幾次，」他回答：「你是半夜偷偷溜進去，我又不知道。可是這一次我**知道**了，我就是不喜歡只有你們幾個孩子去對抗那兩隻大猩猩。」

律師又回答了。「嗯，卡爾，你是**可以**躲在學校裡，不過，如果**你**被抓到，幾乎可以肯定的是會被控告涉嫌非法侵入，可能還有破壞侵入等等罪名。如果是孩子們被抓，他們頂多被罵罵而已；而就算在最糟糕的情況下，他們必須上法庭，我們還可以出示歐克斯船長的遺囑但書做證據，表示這個學校其實是屬於他們的，他們作為受託人的權利其實優先於學校董事會的權利。不過，我要再次說，現在出示遺囑但書會讓這場仗變公開，要是事情發展**不如**我們期待，可能就永遠沒有機會讓我們找出最後的保護裝置。還有，說真的，我覺得這些工友不會給自己找麻煩，做出什麼違法的事，因為這是葛林里最不希望發生的事。」喬姆登先生清清喉嚨，然後說：「而且我認為，如果我們**在校外**做後備支援確實很好。哪個孩子要是大聲呼救，我們還是可以馬上趕過去。這樣吧，卡爾，我們倆之後再來談談這部分的細節好了，如何？」

艾克頓先生說：「好，這樣聽來挺妥當的。」

接著大家沉默了一下。羅伯說：「還有什麼意見嗎？」

沒有人答話。班傑明說：「嗯，沒有更多的問題也挺好的，因為我們的時間差不多了，所有同學要立刻過去學校。那麼，要記得自己等一下需要做什麼，我們大家在音樂會見了。非常謝謝，真的，非常謝謝各位。」

有一些人說了「再見」或「再會」，還有「祝好運」，接著大家離線，桌上的電話開始出現雜音、喀噠聲或嗶嗶聲響了十幾次。

對班傑明來說，這些聲音很療癒。有這麼一支小小的軍隊，感覺真好。這個團隊真好，每個人都有事情做，而且如果一切照計畫走，**今天晚上**會是精彩的一夜。

20 第一階段

班傑明站在合唱階梯的最後一排，視野很好。七點四十分，舞台布幕終於揭開，他看著校長走進舞台中央。室內燈光變暗，一盞聚光燈打在泰默校長身上，坐得滿滿的視聽中心頓時安靜下來。

校長看著群眾，接著讀起手上那張紙的內容，他的聲音穩健而清晰。「『我們認為以下這些真理不證自明：人生而平等；天賦人權，不可剝奪，包含生命權、自由權和追求幸福的權利。』一七七六年，這份歷史性的文字《獨立宣言》向世人宣告時，這一棟建築，也就是後來成為鄧肯·歐克斯船長小學的大樓，就已經矗立在大西洋邊，就在此地，麻塞諸塞州的愛居港。」泰默校長又停頓了一下，按了一下眼角。「感謝數千位家長、老師、學生的辛苦付出，這所學校一直如同燈塔矗立在這裡，它是教育與自由的火炬。作為現任校長以及市民，我歡迎各位一同參與這歷史性的事件，也就是我們學校最後一場音樂會。這場音樂會的主題是『美國大合唱』。」

大家鼓鼓掌，泰默校長走下舞台，鼓和長笛開始演奏，合唱團唱起《洋基歌》。

校長這麼真情流露，班傑明並不覺得奇怪，視聽中心裡到處都有人在抽面紙。這裡有幾百個人，大多數人的念頭是：這是學校最後一個活動，是一個時代的結束。

不，才不是！

接下來的六十分鐘「咻」一下就過去了。《洋基歌》之後，他們唱了一首水手的歌，接著是班傑明最喜歡的《伊利運河十五年》。有一首叫做《跨過廣闊的密蘇里》，是美國往西部拓荒時代流傳下來的歌，接著是一首牛仔歌，然後是《卡希．瓊斯》這首和鐵路有關的歌曲。音樂會大約進行到中場，他們唱了《隨著飲水葫蘆》，然後是卡洛琳．艾略特朗讀林肯的《蓋茨堡宣言》。卡洛琳是新加入的守護者之一，班傑明覺得她唸得很棒。宣言之後是那個時代的一首歡樂歌曲，叫做《等待貨車》。唱過第一次世界大戰的歌曲《彈藥車啟程》之後，接著是一段韻文，是從一首經濟大蕭條快結束時的歌《快樂日子來臨了》選錄出來的。接著，幻燈片播放第二次世界大戰、韓戰、越戰等等近代戰爭的照片，他們一邊唱著《從蒙特祖瑪宮》這首軍歌，之後是《花兒都到哪裡去了》這首哀悼陣亡士兵的悲傷歌曲。

雖然合唱團過去一個半月來一直都在練習這些歌曲，但這次還是不一樣，班傑明哽咽了好幾次。音樂會結束前的最後一首曲子是《星條旗》，大家都起立致敬，班傑明幾乎唱不下去了。

不過，班傑明要自己停止這種感受並開始思考。因為今晚的**重頭**

戲才剛開始，音樂會後的十五分鐘，是傑瑞特的計畫裡至關重大的部分——第一階段。

最後的掌聲靜下來之後，班傑明看了一下手機：八點四十二分。這表示他有整整八分鐘可以出去、進到入口大廳，混入一群往停車場移動的大人和小孩之中。傑瑞特的計畫，靠的是精確的時機。

他往走道移動，到了他和爸媽約好碰面的地方，就在一座展示獎盃的大櫃子前。現在這個櫃子幾乎空了，所有獎盃、獎牌和小雕像獎座都搬到新的學校去了。他看到吉兒找到她爸媽，又看到傑瑞特和他奶奶碰頭。

目前為止，一切順利。

他搜尋全場，沒有李曼和瓦力。

正如羅伯所預測的，那兩人都站在靠近大門通往停車場的位置。班傑明假裝隨意看看四周，但李曼可就不一樣了。他根本毫不掩飾的密切監督著三個小孩，而且班傑明的眼光瞥向他那邊，他們眼神交會。李曼微微笑了一下，點點頭，班傑明迅速將眼神轉開，不過此時一段記憶湧現，那就是金先生過世那天早上跟他說過的話：**李曼這人像蛇一樣狡猾！**

那好像已經是一百萬年前的事了。

班傑明感到一陣寒意襲來，但他把那種感覺壓下去。

我再也不是當初那個膽小害怕的小小孩了！

班傑明繼續搜尋那個地區，就像軍事指揮官那樣精確。

金太太呢？**看到了**，她在門口內側，就在瓦力後面裝出一副看著外面等車子來接的樣子。

湯姆．班登呢？**看到了**，他站在大門口另外一側的牆邊，靠近李曼。湯姆最近比較少用拐杖了，不過他今天有帶來，因為傑瑞特要他帶著。有原因的。

班傑明和爸媽快走到門口時，他看著他的左邊。他在搜尋最後一個參與者，噢，看到他了。

全員到齊。

律師喬姆登先生在他和爸媽後面大約六公尺的地方。

班傑明看到傑瑞特和他奶奶穿過瓦力和李曼之間走了出去，他看到李曼看著他們離開。

接下來，輪到吉兒和她爸媽要穿過那個雙扇大門，瓦力和李曼也注意到她走出去，進入停車場。

三個小孩之中，班傑明最後一個走出門，他和爸媽一走到車道，媽媽就往前靠向他，低聲說：「我真搞不懂，為什麼羅伯的計畫中，不能讓我停在門口給李曼先生的眼睛一個瘀青？」

班傑明笑了，但他低聲說：「**噓！**聽訊號！」

因為現在他和吉兒、羅伯已經都出來停車場了。現在是八點五十三分。學校外面的照明燈已經亮了，但班傑明、吉兒和羅伯走到附近大樹的陰影下。

班傑明很快的回頭看一下，發現羅伯的另一個預測是對的：李曼和瓦力移動了。

他們現在站到門外面，還在監看。傑瑞特說他們就是會這樣，**所以，在音樂會之後，那兩個步兵會監視著三個問題小孩從學校離開，確保他們真的離開、回家了**。

現在，隨時都會……班傑明心裡想著，隨時都會……

「**噢……**」

雖然不是尖叫聲，但那聲音還是劃破了夜空。

金太太的聲音超響亮，所有在停車場的家長及小孩都停下來，回頭看向學校。

「**這位女士需要幫忙，現在就要！你啊，去拿把椅子來給她坐！**」

那個聲音更響亮，是個男人的大嗓門。

班傑明笑了。湯姆．班登演得像一個瘋老頭，傑瑞特就是要他這麼做。他往瓦力面前一站，居高臨下，用拐杖擋住門口，舉起一隻手臂指著金太太。瓦力立刻聽從湯姆的命令匆忙跑進去。

現在，該輪到哈洛德．喬姆登行動了。

他很高，和李曼一樣高。他與那位工友面對面，指著金太太，話說得很快，完全占據了李曼的注意力，費時大約十秒鐘。

接著，長得也滿高的因曼老師就位。她假裝看著金太太，卻站著完全擋住李曼，不讓他看到停車場……大約有十秒鐘。

十秒鐘就夠了。

危機很快解除了，喬姆登先生和因曼老師挪開，李曼迅速再看向黑漆漆的停車場。李曼眼中看到的就是他想要看到的，還有他**需要**看到的，因為，班傑明跟著爸媽走開了……吉兒也跟爸媽一起離開……

還有羅伯攙著奶奶走向回家的路。

看起來是這樣。

但是，和普拉特先生及太太走在一起的，是蓋博．達頓；走在艾克頓夫妻之間的是珍妮．艾靈，而那個攙著羅伯奶奶手臂的高個子年輕人是喬依．史賴德，他也是班傑明他們昨天在社會課上招募來的守護者新血。

三分鐘之後，傑瑞特的預測又一個靈驗了，因為班傑明把鑰匙插進學校北面那扇門時插不進去，他拿著小支手電筒去照照看，就找到了原因。李曼或瓦力用某種硬白膠把鑰匙孔封住了。

但是這不要緊，因為三十秒之後，就在八點五十八分，辛克萊老師從裡面把門推開，低聲說：「第一階段，完成！」

21 等待

班傑明清醒得很。他看著他的手機，這已經是第六次了，現在才十一點四十五分。他本來應該睡一下，但他就是渾身不舒服，也關不掉他的腦袋。

他聽到低沉而平均的呼吸聲從圖書館研究間另一堵牆的桌子下傳來。傑瑞特沒有打呼，不過他確實睡著了。就在一步之外，從班傑明手機的隱約光線下，他看到吉兒的臉——冷靜、沉著、嘴唇微微帶著笑意、不省人事。手機的光熄了，但是她的臉蛋還在，在他的心裡發光。真漂亮的一張臉啊！

辛克萊老師讓他們進了學校，帶他們到圖書館時，班傑明指著走廊上的一幅畫，輕聲說：「這是怎麼了？」

那是一大幅畫，差不多九十公分寬，是班傑明最喜歡的畫之一，畫中是愛居港港口的冬天景色，繪於一八二二年。不過，現在整幅畫被一塊白色塑膠包裝布蓋起來了。

辛克萊老師沒有放慢腳步，也沒有回答，直到她打開黑漆漆的圖書館讓他們進去。門一關上，她輕聲說：「那幅畫嗎？市政府辦公室有一群人來了，學校裡所有的畫，還有掛在牆上的其他東西都被包起來、貼上標籤，有些東西會送去圖書館，有些會去歷史協會，有些會去新學校，還有幾幅會送到皮波迪・艾塞克斯博物館去。明天放學之後，這些畫會被帶走，然後打包人員再進來把所有的門和櫃子搬走，所有舊五金和裝設及任何可以變賣或再使用的東西，也統統會搬走，最後才會拆掉房子。」

她的回答讓班傑明嚇了一跳，辛克萊老師打開研究間讓他們看看要躲在哪裡，但班傑明沒辦法集中注意力。因為有這麼多人，十幾個或上百個認真又謹慎的人，已經當作這個學校死了。這讓他想起一個以前看過的自然節目，有一隻倒下的斑馬被獅子、土狼、豺狼撕成碎片，帶到不同的方向去。

而現在，他躺在桌子下鋪著地毯的地板上，藏在包裝紙箱和幾疊書後面，吉兒和羅伯在他旁邊睡著了，斑馬的畫面又在他的腦海中縈繞。他從來沒有像現在這樣覺得茫然，或者說是孤單。

不……這麼說也不太對。那個下午，就是媽媽和爸爸告訴他說他們要分開的那次，更糟。不過，這次也相差不遠。他不願去想那一大群掠食者團團圍住學校、磨拳擦掌，準備衝進來大開殺戒。想到這裡，班傑明打了個冷顫。

我不能光是躺在這裡躺到兩點。不行！

因為那是傑瑞特的計畫：溜進來躲在安全的地方，潛伏到李曼和瓦力睡著之後，再溜上三樓找出怎麼「爬到上面」。

班傑明小心的翻過身，又把手機按亮。今天下午在 iPad 看到的那些照片也傳到他的手機，那是他們尋找保護裝置的完整照片記錄。這些照片很難在小螢幕上看清楚。音樂會之前，吉兒的媽媽把他們的包包帶來，交給辛克萊老師，班傑明的包包就在桌子下，靠近他腳邊，所以他的 iPad 其實離他很近。但是班傑明剛才翻個身，已經弄得吉兒動了幾下，他不想只是為了看大一點的螢幕就冒險把她弄醒。

他一張張滑著照片，不是很快，也不是很慢，就讓心緒隨著照片回憶過去這二十六天來的種種。照片沒照到的其他事件，他就在心裡默默想著，例如那天放學之後那個沒品的不動產仲介律師來找他媽媽談話……還有陣亡將士紀念日的那個週末，他和爸爸駕船航行來回達克斯伯里。這段日子，發生了很多事。

有些吉兒的照片拍得很好看，也有羅伯的，許多都拍得不錯。不過，他看最久的還是吉兒那幾張，直到他覺察到自己在做什麼。

看到最後一張時，也就是今天拍的照片，班傑明又看了一次時間，是十一點五十八分，還沒到半夜呢，要再等兩小時。

班傑明深吸一口氣，慢慢吐出來。

他點開第一張照片，又開始滑那些圖。這次，他強迫自己慢下來，仔細去看每一張照片，讓自己思考。

如果我夠慢，可能會花掉半小時……而且可能會睡得著。

大約滑了二十張照片，其中差不多有一半是從那本學校建築的大書上拍下來的，裡面有木匠畫的圖。不過在手機螢幕上，約翰·范寧的圖小到不行。

超好笑的……這本書就離我九公尺而已……那，我就不吵醒別人到那裡去。嘿，這可以測試我的忍者輕功呢！

不過……萬一李曼或瓦力來巡邏呢？

不會啦，他們不會來的。反正現在這麼安靜，我會聽到他們的聲音，而且會有足夠的時間躲起來。再說，只出去個十分鐘就回來啦！

在還沒動作，甚至沒下定決心要試試看之前，班傑明先想像好每個動作、每個腳步、會經過的每個地方，然後才開始。

他慢慢的轉身到左邊，伸出一隻手，推推因曼老師放在他和吉兒躲的桌子前面的大箱子。那個紙箱在地毯上發出很大的嘶嘶聲，他就停手了，讓它靜一陣子再開始推，這次是一點一點慢慢推。

差不多把箱子推開四、五十公分之後，他開始挪動身體，慢慢滾成肚子朝下的姿勢，接著就像慢動作伏地挺身那樣抬起身體，手掌和膝蓋著地，從桌子下面一點一點的退出去。幾分鐘後，他就離開箱子和桌子，於是他站起來，手伸下去慢慢把紙箱滑回原處，然後躡手躡腳前往研究間的門。

門是個問題，門把和門閂通常會發出尖銳的機械喀噠聲，這一定會驚醒羅伯和吉兒。不過，他牢牢握住門把，輕輕推門，同時極其緩慢的轉動門把，悄無聲息的開了門。

之前吉兒就把因曼老師給的研究間鑰匙交給班傑明，所以他可以從外面關上門，慢慢將門把轉回定位，還上好門閂。接著他把鑰匙插進鎖中，向左轉，再轉回直立位置，然後輕輕拔出來。又鎖上了。

標示「出口」的紅色燈光讓他可以看到路，而且港邊步道路燈的幽微光線從面向東邊的窗戶投射進來。不過，就算是一片漆黑，他也能摸黑走到參考書區。那就是他和吉兒第一次與李曼發生衝突的地方，那時她直視著那傢伙的臉，對他說他長得很難看。噢，對了，還有他的聲音，低沉又令人毛骨悚然，不過，他一點都嚇不了她！想到這一段，讓班傑明在黑暗之中綻開笑容。那女孩真**是大膽！**

看到那本舊書還沒被打包走，班傑明很開心，不過它的書背上被貼了一個黃色標籤，預定的新家是市立圖書館。他輕輕的把書抽出書架，走到北面牆邊，坐到一個高書架後方的地上。他打開手機的光，雖然不是很好的閱讀燈，但也只有這個了。打開書本時，他順便看一下螢幕上的時間，才十二點十七分。他正想唉唉叫一下，卻停下來唸了自己一頓。

對啦，離兩點還早得很呢，那又怎樣？什麼時候才有機會好好的看看這本書啊？不要抱怨了，盡情享受吧！

他先從前言開始讀，以前從來沒有這樣過，因為一本書的前言都像是討厭鬼，每次都要跳過它才能讀到**真正的**開始。

不過，這篇前言講的是這間學校的故事。鄧肯的父親山繆．歐克斯是在一六八一年來到麻州灣殖民地娶妻生子，他們總共有六個孩子，但只有三個活到長大，是兩個男孩和一個女孩。

鄧肯是最小的兒子，他特別聰明。十六歲時，他被送到哈佛大學去學習當牧師，不過畢業之後他選擇做個貿易商，在新英格蘭海岸上上下下駕著一艘很小的帆船買賣貨物。

班傑明翻了一頁，有一幅黑白圖片，是歐克斯船長的大幅原寸肖像畫，那幅畫就掛在三樓走廊的牆上。

班傑明調整手機燈光角度以便更清楚看到船長的臉。他的下巴線條剛硬方正，額頭很高，眼睛似乎看向遠方，而且似乎看到很滿意的景象那樣的微笑著。當然，這位船長穿著全身制服站在船尾甲板上。班傑明把手機對準，照亮整張圖片，他注意到船長的右手拿著什麼東西，也許是張航海圖吧？這張圖片印得不是很清楚。他左手還有一樣東西，可是幾乎看不見了……

噢，是一把短刀……不，比較像是手槍……或者是手斧……

好幾件事同時湧上來。因為，班傑明就在書裡看到一樣很特別的東西，實在太特別了，他不禁驚歎一聲。就在這時候，他聽到很大的聲響，圖書館的門碰的一聲打開，有人開了所有的燈。

22 讓他們心服口服

班傑明盡量遠離大門，只差沒從北牆的窗戶跳出去。他倒還真希望可以這麼做。因為要是李曼或瓦力隨便在圖書館裡一走，他可真的是無路可逃了。

不過他們直接走向研究間，而且還一邊吵架，幾乎是對著彼此大聲咆哮。

「人家交代了你什麼，那是**你的事**，我才不管！」李曼大吼著：「因為，我很清楚人家交代我的是什麼，而且這件事還是歸我管。你聽懂了嗎？」

「對，我懂，」瓦力回嘴：「我懂的是，你自以為是老大，而且老是愛做老大，我受夠了。要不是你干涉我那個淹水的計畫，我們已經在牙買加的金斯頓港口停好船、喝上一杯了。不過你堅持要那樣做，結果就搞砸了！每個人都**知道**是你搞砸的，因為是**我**告訴他們的，所有在總部裡的大頭都知道你幹了什麼好事，你讓一群小屁孩把你耍得團團轉！」

這兩個大男人現在就站在研究間的玻璃牆邊，班傑明瞬間恐慌起來，他剛剛出來的時候，有沒有挪動箱子以外的東西？他幾乎可以確定應該沒有動到什麼，幾乎可以確定……

因為，那疊書和紙箱是刻意那樣放的，就是為了怕遇到最糟的情況。如果工友進來到處看，躲在桌子下的小孩完全不會被看到。

吉兒！她現在怎麼樣了？

班傑明想像她從沉睡中驚醒，聽到這兩個男人吵架，而且燈光大開，然後還發現**班傑明**不見了！

班傑明伏在書架後面的地板上，從書堆間看過去。研究間的燈光是暗的，李曼拿著一個強力手電筒照著中央桌子，桌布下藏著一個突起來的東西，那是裝六分儀的盒子。光線幾乎要把薄紙穿透了，但還是不能看見底下是什麼。

「好啦，好啦，」李曼說著，誇張的搖搖一隻手，「你是大天才，我是超級阿呆好嗎？不過我**確定**，那些你說是小屁孩的小鬼頭們，至少比**你**或**我**還要聰明六倍。今天早上他們對**那個**東西興奮得不得了，而且不知道怎麼搞的，還讓圖書館員幫他們把這東西鎖在裡面。要不然，天才先生，換你上啊！你不是挺愛臭蓋自己是多厲害的犯罪大師、每種鎖都難不倒你嗎？你的大好機會來了，**露一手**吧！」

班傑明看到瓦力從他襯衫口袋裡掏出一個小皮夾，然後蹲得比門把還低。大約在十五公尺外，他聽到小小的金屬喀噠聲和磨擦的沙沙聲，也聽到瓦力好幾次喃喃的低聲咒罵。

他看到李曼靠著門邊的玻璃牆，看著瓦力愈來愈挫折，而他顯然一副幸災樂禍的樣子。

瓦力突然站起來，雙手齊上的捶打門把。整個研究間都在震動，班傑明嚇得縮了一下，他心想吉兒聽到這麼大的聲音一定嚇壞了，還有羅伯也是。

「為什麼我們要搞這玩意兒？」瓦力發火了，「乾脆我去拿一支扳手，扭下這個門把算了！」

「不行，**不能**那樣做。」李曼頗有威嚴的說：「他們每個人等的**就是**這個，等著要抓到我們在學期結束前破壞了這個地方，因為這違反協議內容，他們就有理由拖延、罰款，甚至說我們違約。我們都知道，他們就是因為這樣，才故意把這個祕密小寶物放在那裡，好讓我們幹傻事。所以，我們還是走吧？」

班傑明超驚訝的，李曼的語氣怎麼突然變了？

「聽我說，瓦力，我對這個工作用心盡力，如果對你太嚴苛的話，我很抱歉。不過我不是在跟你開玩笑，我對自己的要求也很高，甚至更嚴。所以，我們去喝個涼的，冷靜下來，休息一下吧。不到二十四小時，一切就成定局了，到時候我們就會坐上飛機，去馬里蘭拿我的船，到牙買加好好玩上一個月。這樣不是很好嗎？」

班傑明實在很疑惑，李曼講話的語氣像在跟小孩說話，而不像在對大人說話……他隨即明白了。李曼在擔心！他擔心瓦力會暴衝！他要確保一切順利，能撐到工作完成。

瓦力微微笑一下。「是啊，聽起來不賴。不過，我還是想拿榔頭來敲那個門，只是好玩啦！」

「我跟你說，」李曼和瓦力並肩走向出口，他一手攬著瓦力的肩膀，「我會去跟負責拆除的工頭講，看他是不是能讓你在學校大門揮上第一錘，用那五公斤重的大榔頭敲下去！怎麼樣？」

「好耶！」瓦力說：「不過啊，我敲倒大門的時候，還真希望看到嘴巴很刁那個女孩的表情呢！」

燈熄了，門被關上鎖起來，班傑明聽到這兩個男人在走廊上邊走邊講，朝著工友工作間走去。

班傑明覺得這時候要是衝過去拍拍工作間的門並不是個好主意。不要馬上去。於是他爬到參考書區放好那本書。他以為可以聽到吉兒或羅伯輕聲講話，所以他鼓起勇氣走到門口，拿出鑰匙，但又停了下來。因為他知道裡面那兩個人會吼他，至少是低聲訓斥他。

他沒有照計畫來！

他可能會被抓！

他也許會把整個晚上毀了，就連找到最後一個保護裝置的機會也完全消滅了。

這些都沒錯。

班傑明笑了。他走回參考書區，又從書架抽出那一本大書，帶到研究間。

他對著門輕聲說：「嘿，是我，開門。」

因為班傑明知道，在吉兒教訓他及羅伯說他是大白痴之後，他所說的話會讓他們乖乖閉嘴。他有新消息要宣布，一項**重要的**消息。

因為就在李曼和瓦力進來的時候，班傑明想到三樓那幅大肖像畫中，歐克斯船長的左手握的是什麼了。

是六分儀。

23 當藝術碰上生命

即使聽完班傑明的大發現，羅伯還是很氣。他的怒氣就算是低聲說出來，還是很明顯而清楚。

「如果你不照計畫來，那要計畫幹嘛？你那樣很爛耶，普拉特，超爛的！」

班傑明立刻回嘴。「那你的意思是說，我最好就是待在桌子下慢慢發瘋，而不要去想什麼好點子，不要去發現什麼重要的線索，就為了你的完美計畫嗎？你的意思是這樣嗎？真的嗎？**是嗎？**」

吉兒被弄煩了。「你們兩個不要吵了！你們對同一件事有不同觀點，而且可能都是對的，這你們也知道啊！這件事就是這樣，所以，兩個都不要再吵了！」

接下來一個半小時，對班傑明來說像是永恆，而他或吉兒都沒膽子去建議改變羅伯計畫好的時間。不過，最後終於到了兩點，傑瑞特悄聲說：「好了，我們走！」

往北面樓梯的一路上很平靜順利，只是偶爾有樓梯吱嘎聲。他們三人都慢慢的走，盡量走得貼近牆邊。樓梯每一次發出聲音，都只有一次，因為吉兒和羅伯會避開班傑明踩出吱嘎聲的地方。

他們踏上三樓走廊，班傑明稍微鬆了一口氣。工友工作間在學校西邊，和他們要去的地方完全反方向，而歐克斯船長那幅巨大的肖像是在東走廊不到一半的地方。

但他沒料到的是，那幅畫完全被厚重的白色塑膠套蓋了起來，還被貼上標籤，要送到一二八路線西側的新學校。湊近一瞧，班傑明看到那是工業用的強力收縮套，船隻都是用那種東西包起來過冬。

「好，」羅伯說：「我來對付它。」

班傑明笑了，因為，顯然傑瑞特真的什麼都計畫好了。他打開袖珍瑞士刀裡的刀片，俐落的割開右側靠牆部分的塑膠套，從他所能碰到的最高處一路割下來，到畫框最底部的角落。

「好了，普拉特，」他把瑞士刀交給班傑明，「我把你頂上去，你割開最上面，從那裡一路割下來到我剛剛開始的地方。」

班傑明照著指示做，完成之後，包裝材料就整個剝落，輕輕掉在地板上。

他們三人往後站，吉兒打開頭燈。

六年級這一整年，班傑明每天經過這幅畫好多次，而他覺得這是第一次真的仔細去看它。那本舊書上的黑白印刷圖根本無法捕捉原作的神韻，而牆上這幅畫真的是栩栩如生。

首先，他看到微風呼呼的吹，從船欄杆之外的海面高低及船長腳下甲板的傾斜角度來判斷，風速大約是十二到十五節。在中午明亮的光線下，他看到些微水花在船長的皮靴上留下點點水氣。不過，班傑明剛剛在看書上那幅印出來的圖時，就注意到整幅畫的焦點在船長的臉，特別是他的眼睛。

剛才看書時，班傑明猜得沒錯，歐克斯船長右手拿的是一張航海圖。不過像這樣近看之下，他能認出上面的海岸線，是愛居港，而且圖上有個記號正好是學校所在的位置，而埋在地下那個房間裡的圖桌上，擺的航海圖就是這一張！

還有，擺放在樓下圖書館的古銅製六分儀，現在也能清楚看到它的全貌，應該是說能看到那些沒有被船長左腳擋住的那一半。

「好，各位，」傑瑞特說：「船長要我們來這裡一定有原因，我們必須想出來。」

吉兒已經走到畫的旁邊看著雕飾繁複的畫框。她頭上的明亮光束射在她眼前只有幾公分的地方。班傑明也在另一邊做同樣的事，小心的檢查畫框以及畫和牆壁接觸的地方。他輕輕將那些雕刻木頭的厚厚邊框往外拉，卻完全拉不動。畫框差不多十公分寬，而且是直接固定在牆上，因為看得到螺絲頭。年復一年，粉刷牆壁的工人一層一層的替牆壁塗上新漆，油漆刷也掃到畫框了。但它沒有破損、沒有裂痕，誰要是想動這幅畫，就得拿榔頭和鑿刀把它撬鬆才行。

羅伯輕輕推一推畫布本身，還彈了一下。

「你們聽。」他輕聲說著，又彈彈畫布。有木頭的聲音。

吉兒說：「我想那很正常吧，這幅畫那麼大，畫布後面一定有一層木板來固定畫框的位置。那就是我們聽到的聲音。」

接著，吉兒輕呼一聲：「看看這個！」她指著畫框底部的中央。

班傑明靠近看，從明亮的ＬＥＤ燈光下，他看到畫框上鎖著一塊小銅牌，上面是龍飛鳳舞的書寫體，寫著這幅畫的名稱。

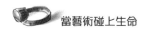

一顆靜止星

約翰．辛格頓．科普利　繪製

「酷！」傑瑞特悄聲說。接著他說：「但是……我們還是**沒搞頭啊**，知道了這個要做什麼呢？」

吉兒走到走廊較遠的一側，悄聲說：「嘿，站遠一點，我就可以看到全貌了……好。」她慢慢說著：「好……我們知道，船長一直都把這棟房子當作一艘船。」她停頓一下，然後說：「那……我這樣看過去，這幅畫畫的是船的哪一部分？」

班傑明毫不遲疑的說：「是船尾甲板，算是船長在甲板上專屬的走動空間，靠近船的舵和羅盤箱。看到他左邊那兩個小窗戶和那扇門了嗎？那是船長的艙房。」

吉兒瞇著眼睛看畫。然後她將背包卸下肩，拉開背包主隔間，花了幾秒鐘在裡面翻找。

班傑明看到她抽出一把鐵製大鑰匙，他們之前就是在離這裡不遠處發現這把鑰匙藏在木製踢腳板後面。鑰匙上刻著警告字眼：**必要時才能使用**。

「你要幹嘛？」他悄聲說。

「思考啊，」她說：「還有尋找。」

她走近那幅畫，頭燈的光束縮窄。班傑明看到她在看什麼了，是船長艙房那扇畫出來的門。她更靠近，直到光束縮窄到差不多一個籃球大小，然後縮到壘球大小，最後是網球大小。現在，班傑明看見她在看什麼了，羅伯也看見了，因為那畫裡的門也畫有鎖孔。

吉兒舉起鐵製鑰匙，班傑明和傑瑞特還沒來得及開口，吉兒已經把鑰匙末端抵住繃緊的畫布。

「喂！」班傑明說：「會戳破……」

不過，鑰匙**並沒有**戳破畫布。

一小塊畫布反倒因此掀開來，那片小畫布一定是黏在這幅畫後面。吉兒把大鑰匙直接插入畫裡門上的鑰匙孔。

她看著羅伯和班傑明，頭燈先照亮一張臉，又照著另一張。她悄聲說：「已經插得不能再深了，該怎麼辦？」

班傑明立刻說：「轉吧！」

羅伯補充：「對……順時針轉轉看！」

吉兒兩手握住鑰匙大大的末端，穩穩的使力。

在安靜無聲的走廊上，金屬互相摩擦的聲音似乎顯得很大聲，他們聽到清楚的喀噠聲，還有再響一點的窸窸窣窣聲，但不是金屬摩擦的聲音。

這幅畫的畫框和牆壁連接的部分還固定著，但是畫框寬邊的中間，有個垂直的裂痕打開了，整幅畫右半側往外彈出不到一公分。

「抽出來，」傑瑞特悄聲說：「把鑰匙抽出來！」

吉兒把鑰匙抽了出來，班傑明看得出來她並沒有很用力就把鑰匙拔出，而且拔起的時候整幅畫吱吱嘎嘎的往她那個方向擺過去，像扇門一樣。

那幅畫背後的確是一扇門，一扇用六片松木板拼接成的門，配備了失去光澤的古銅門把，還有一個外附像小盒子那樣的門鎖，就是吉兒剛剛打開的鎖！

「哇——瞧瞧**這玩意兒！**」班傑明屏息。

他們三個一齊抬頭，上面一片黑暗。

他們看到一道又陡又窄的樓梯。

而三個人**都**知道接下來該怎麼做。

24 全面清空、準備行動

吉兒領頭走前面。他們爬上的階梯一點都不像樓梯，班傑明發現它比較像是船上架在窄道上的梯子，兩側都有窄窄的扶手。

他數著階梯。在爬了二十二階之後，吉兒悄聲說：「停！我的頭上有板子！」

班傑明說：「可能是個蓋子，你推一推前面的邊緣，就是最靠近階梯那裡。」

他是對的。那個裝了鉸鏈的蓋子大概是個每邊不到六十公分的方形，打開的地方接近這房間的中央。他們一爬上去之後，羅伯就把它關起來。

小閣樓內部讓班傑明想起了地下室下層，就是隱藏在潮汐水車後面那個密室，不過這個房間似乎比他想像中更小。過去他曾仰望著學校屋頂上這個小閣樓，時間長到他都記不起來多久了，他想像那裡有許多空間可以走來走去，還可以從所有的窗戶看出去。

但現在站在裡面卻完全沒有海岸線和海灣夜景可以看，因為這個房間完全是封閉的，所以那些外部窗戶只是裝飾，這項發現還真是令人難過啊！

雖然如此，班傑明覺得窗戶的存在一定有它的道理，外面肯定有方法可以接近這個小閣樓，可能是從屋頂走過去。因為，在過去兩個世紀以來，工人一定得爬上屋頂查看漏水，而且那木製窗戶每十年或十五年就得重新上漆。不過房間內部一直都沒有被動過。

這個房間，就像隱藏在地下室那個房間一樣，也是用銅片包覆起來，成為一個完全防風擋雨的密室。班傑明以為這裡會熱到不行，就像熱浪來襲時，他家閣樓的那個房間那樣。而這裡一定有一些通風系統或厚層的隔熱設施，因為這裡出乎意料的涼爽，甚至比三樓的走廊還要涼快。

突然吱吱一聲，聲音很靠近，他們都僵住不動。跟著又是另一聲。傑瑞特笑了，指著上面。

「安啦，」他悄聲說：「是屋頂上的風向雞在轉啦！」

一幅畫後面的密門，爬上二十二階樓梯，一個沒有窗戶、完全以銅片包覆起來的密室，這一切都非常新奇，不過，最奇怪的事情是什麼？這個房間是空的，什麼東西都沒有。沒有家具、沒有櫃子，什麼都沒有。

班傑明感覺得到，吉兒和羅伯也是一陣失望。

傑瑞特最先說出來。

「那，」他慢慢的開口：「看來像是死路一條。」

「別這樣嘛，各位，」班傑明說：「這裡一定有什麼東西不是那麼明顯。也許是在梯子上，而我們錯過了。」

「或者是，」傑瑞特說：「也許李曼和他那幫人三個星期前就上來過這裡，把曾經放在這裡的東西統統搬走了？所以現在我們坐在這裡，像一群傻蛋一樣。是不是**這樣**，普拉特？因為，這地方就是一個空房間。」

又是那種調調，那種優越、諷刺的語調。班傑明真的很不喜歡這樣，他真想衝向傑瑞特，把他推倒在地，重重的往他長了雀斑的鼻子上揍一拳。要是能這樣就太好了！

但是，過去這個月來已經發生幾千次了，班傑明強迫自己壓抑感受，繼續思考。

他深深吸了一口氣，再慢慢吐出來。

「唉呀，我們這麼辛苦到了這裡，**看起來**的確很糟，但我們還是要仔細搜尋整個房間。所以打開頭燈吧，有多亮就開多亮，好好找個十五分鐘，或是能找多久就多久，因為我們一定要這麼做，一定要。所以，傑瑞特，你去那一頭，我來看這一頭。吉兒，你找中間。牆壁、地板、天花板，**每個地方**都要找，好嗎？」

班傑明不等他們回答，就直接開始從他這一頭、也就是房間南面開始找起。看到吉兒和羅伯也跟著做之後，他鬆了一口氣。

房間這一邊牆上，什麼祕密都沒有。所有銅片邊緣都用融化的鉛封住，也沒有任何裂痕、任何張開的接縫、任何可能隱藏的門或祕密隔間。天花板也是一樣。

地板是由厚實的橡木鋪成，每片板子都用大釘子釘住，有些釘子的圓頭稍微突出表面。腳下有些木板吱嘎吱嘎的，但班傑明覺得那沒什麼特別奇怪的。不過他還是想徹底確定，於是雙手雙腳著地，來來回回穿梭在房間中，從一面牆到另一面牆，每片木板都看過，找找看會有什麼東西。

找到第五片時，吉兒悄聲說：「嗯……班傑明？你來看看這個，羅伯你也是。」

吉兒已經將門板提起。她身體靠向前，探到樓梯那裡，她的頭幾乎已經在這一層的地板下了，她用手機的相機對焦在某樣物品上。班傑明和羅伯走過來時，她拍了一張打了閃光燈的照片，然後站起來，輕觸螢幕，調整大小，遞給他們。

「你們看！」

班傑明瞇起眼睛。在洞口中央那片木板的末端，木頭上有個小小的凹痕。

傑瑞特大聲說：「這**絕對是**星星！但是……為什麼咧？」

班傑明從梯子退下去，進到窄道裡，直到眼睛可以平視那片木板末端。他的頭燈直直照向前。

「中央那片刻了星星的木板，它正反兩面的邊緣上下都是直的。你們看看跟它相鄰的木板邊緣長的不一樣。這些叫做舌槽接榫，這麼一來，木板整個邊緣就可以緊緊接在一起。不過中央這塊木板**不是**舌槽接榫……看到沒？所以，這片木板可以直接拉起來！」

班傑明再往下踏了一階，將手放在那片刻有星星的木板邊緣下。

「好，你們兩個肩並肩在中間這塊木板兩旁跪下來，但是不要壓到它。然後你們一手握住木板一端，數到三我就推，你們兩個一起往上拉。一、二……」

「喂，普拉特，你瘋了嗎？」傑瑞特悄聲說，他指著木板上面，「你看這些釘子有多大！快跟狼牙差不多大了！我們要用拔釘器和槌子才有可能把這塊木板弄出來啦！」

班傑明瞪著他，「你就試一下嘛，好嗎，傑瑞特？數到三……好了嗎？一、二、三！」

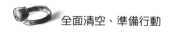

整片木板被掀了起來，吉兒和羅伯必須跳起來才不會讓它撞到地板，否則一定會把李曼和瓦力吵醒。

班傑明幾乎要脫口而出：**看吧，傑瑞特，我說得沒錯吧？你這個愛生氣又愛說風涼話的豬頭！**

但是他沒有。

不過，傑瑞特接下來的話讓他吃了一驚。

「哇，」他說：「我根本說錯了嘛！看，所有釘子都是假的！沒有一支釘子釘進木板裡呢！」

吉兒說：「那……這地板是假的囉？」

班傑明說：「等一下就知道了。」

他從樓梯爬上來，但是留著門板洞口打開著。「來，抓住旁邊這一片的邊邊，左邊這片。不過，這是用舌槽接榫，所以不能用掀的，要先把它往右邊拉鬆。數到三……一、二、三。」

「咿呀」的一聲，木板溝槽和旁邊那塊木板脫開，活動自如。

「看，」傑瑞特說：「一樣都是假釘子！」

吉兒把她的頭燈摘下來，趴下來看其他木板下面。「喂，找到了，找到了！下面有東西……箱子之類的！其中有一個**超大的！**」

不到十分鐘，二十一塊木板都被拆掉，靜靜的堆在這房間北側和南側的牆壁邊。覆蓋著銅片的牆壁延伸到下方，大約在本來地板下一百公分的地方，有一層新地板，它也覆蓋著銅片，就跟地下密室的地板一樣。

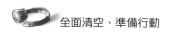

這空間正中央有一根支撐的橫梁，就是它撐住假地板那些木片，不過班傑明看到這根梁被切成兩段。他們三人合力把這兩段橫梁抬起來，然後是大塊的中央支撐，整個空間被打開，除了吉兒之前看到的那些東西，根本是空蕩蕩的。

三張低矮的桌子就擺在階梯正對面，其中兩張比較小，中間那張很大，長度大約有一百八十公分或兩百公分。其實，說是桌子，班傑明也是用猜的啦！他看到像桌腳的東西，但是這三件都用厚重的帆布蓋起來，蓋到接近地板，而且積了一層百年來沒被動過的厚厚灰塵。

班傑明指著左邊，說：「我們先來看看這一個吧？」

「好啊。」傑瑞特說。

「等一下，」吉兒悄聲說：「你們看！」

班傑明戴著頭燈靠近，羅伯很快拍了一張照片。

在右邊那樣東西的前面有個數字「一」清楚的印在地板的銅片上。他們很快看了一下，左邊那東西被標上「二」，中間那個大東西則是標上「三」。

「所以，」傑瑞特說：「我們現在知道了，歐克斯這老傢伙還在當家做主呢。等一下，我把照相機轉成錄影……好了，普拉特，我們來看看一號帆布下面有什麼。」

班傑明揭開帆布。是個展示櫃，上蓋是玻璃的，幾乎和圖書館裡那個放置六分儀的展示櫃一模一樣，不過這一個沒有鎖。但是，有鉸鏈的上蓋被樹脂牢牢封住，和班傑明之前見過兩次的密封法相同，都埋有金屬線，拉開就可以拆封。吉兒和羅伯窩在他身邊，彎著腰探過來，透過玻璃看著。

傑瑞特面前舉著相機，說：「看起來包裝像是絲綢的，打開吧！」

班傑明把玻璃蓋子周圍的線都拉開，鬆脆的樹脂紛紛飛出來。接著他和吉兒掀開沉重的上蓋邊緣，把蓋子靠在櫃子後面的牆上。

羅伯擠進他們之間，相機朝下對準櫃子，像在導演一齣電影。

「好，你們兩個現在從旁邊伸手進去，揭開絲布的邊邊……你們的頭要往後喔，這樣我才能拍得清楚。」

他們先捲起側邊的布，然後再揭開前面那一層，最後一層往後捲到後面。

「哇嗚！」班傑明說。

傑瑞特悄聲說：「這是……？」

吉兒說：「沒錯……是《獨立宣言》！」

接著她問：「但是……這是**複製本**，對吧？」

「是啊，當然囉，」班傑明說：「但還是很驚人啊！」他知道眼前這個東西是什麼。「它叫做當洛普全開本❺，是最早的幾份正式刊印本，非常稀有！」

吉兒斜睨著他。「你……你怎麼知道？」

「因為去年暑假的某個下雨天，我爺爺帶我去緬因州歷史協會，我在那裡看到一份一模一樣的。十年前，這個文件一份就能賣到**八百萬美元**哩！看看下面那裡手寫和簽名的地方，看到沒？**沒有人**能拿到一份跟這一樣的！」

這張紙的最下面有一行字：「致鄧肯·歐克斯，一位真誠的愛國志士。」接著是確切無誤的簽名：

約翰、漢考克❻

「所以，你覺得這個簽名和這些字會讓它更有價值嗎？值一千五百萬美元？」

班傑明露出笑容。「誰知道呢！這種東西……是無價的！而且，還有很多呢！呃……可能還有個三、四張啦！」

---

❺當洛普全開本（Dunlap broadsheet）是《獨立宣言》最早的印製版本。當時是單面印刷，由極出色的印刷師約翰．當洛普（John Dunlap）所印製，雖然確切印製量已不可考，但估計約印了兩百份，因此現今流傳下來的都相當珍貴。

❻約翰．漢考克（John Hancock），美國獨立運動時期的商人暨愛國志士，由於美國《獨立宣言》是由他簽署，因此他的名字在美國亦等同於簽名之義。

他盡可能輕輕的掀開這份厚重的紙張邊緣。

其他文件也都很驚人，每一份之間還夾了一張細緻的白色絲綢。有歐克斯船長收到委請他擔任海軍將領的一份手寫羊皮紙文書，是由美國第一屆國會議員簽署的；還有一張喬治・華盛頓寫來的個人信件，感謝他在軍事方面的貢獻；還有一張約翰・保羅・瓊斯[7]所簽署的信件；另外是一七八九年《美國憲法》的複本，上面有約翰・亞當斯[8]的親筆題字與簽名，還有一份也是一七八九年的《人權法案》初稿印刷本。

班傑明對著羅伯的錄影鏡頭輕輕讚歎，並描述了每樣物品。光是這些東西就可以成立一間超棒的博物館了！而他感覺得出來，他比吉兒或羅伯還要興奮。

「好啦，」班傑明說到那疊文件最下面那張之後，傑瑞特說：「普拉特，換下一個了。」

班傑明不慌不忙、小心謹慎的把文件重新疊好，再於兩張文件之間夾上絲綢，然後蓋上外面的罩子，把這疊資料收藏恢復成本來找到時的樣子。

「現在呢，第二號祕密，」傑瑞特移到最左邊，「吉兒，這次換你來揭吧！」

吉兒挪開滿是灰塵的布，那是另一個展示櫃，稍微大一些，除此之外和第一個沒兩樣，密封方式也相同。

羅伯舉著相機靠近，並說：「這真**漂亮**耶！」

櫃子裡只有一樣東西，是配備了二十四門大砲的快速帆船完美等

---

❼ 約翰・保羅・瓊斯（John Paul Jones）是美國獨立戰爭期間首屈一指的海軍戰士，他的英勇獲得各方一致推崇，與約翰・貝瑞（John Barry）一同被尊為「美國海軍之父」。

❽ 約翰・亞當斯（John Adams）是美國第一任副總統與第二任總統。

比縮小模型。船身兩側的砲門都打開了，還有一門銅製的艦首砲以及艦尾一具向後瞄準的銅製長槍。每張帆都升起，每一條繩索都繃緊，第一面美國海軍旗掛在主桅的斜撐繩索上，看起來像在迎風飄展。

傑瑞特說：「呃，我想我們不用真的打開這蓋子吧？」

吉兒看著羅伯。「你瘋了嗎？要是船裡藏了什麼東西，或者是那面小旗子上寫了另一個線索呢？」

班傑明贊成吉兒說的，他立刻撕開埋在樹脂裡的金屬線。

蓋子掀開後，他讀出艦首的小小字母。這是美國「忠健號」，是由歐克斯船長指揮並在愛居港擊敗英國海軍「皇家保護裝置號」的那艘船。而皇家保護裝置號的船鐘就掛在學校辦公室牆上！

吉兒又將頭燈拿在手上，俯身仔細檢查每張船帆的兩面，甚至還檢查了船長艙房上面的小甲板，看看它是否能夠掀起來。

班傑明看過許多模型船，而這一艘是他所見過最棒的，特別是它的索具。每一個結都打得很完美，甚至連木製滑輪都雕得栩栩如生，每個小小的止索栓都把繩索固定在恰恰好的位置。

過了一、兩分鐘，吉兒挺直身子。「沒有看到什麼。」

「你的意思應該是，除了一艘很棒的模型船之外沒別的吧。」班傑明補充說。

「對啊，」傑瑞特說：「我也認為這真的很酷。不過，這就能拯救學校嗎？我不這麼認為。」

班傑明可以感覺得到羅伯的不耐煩。

「好了，」他說：「準備開最後一個了？」

羅伯點點頭。「是啊，第三號出場，來點登場的鼓聲吧！」

班傑明拉開蓋布，傑瑞特拿著相機靠近，並咂著舌頭模仿鼓聲：

「咚隆、咚隆、咚隆、咚隆……」

接著，他停住了。

班傑明僵立在那裡，雙眼直視；吉兒也是，她的眼睛瞪得好大。

又是一個展示櫃，但它四面和頂面都是玻璃。寬邊那一面上有塊銅牌被固定在那片玻璃下緣的木條上。

不過，沒有人去讀牌子上的字，不需要。

因為躺在那裡的，是穿著美國獨立戰爭海軍制服的一具屍體——鄧肯・歐克斯船長。

25 美國木乃伊

「震驚」還不足以描述此刻的狀況。

「嚇到」或「驚訝」也都不行，連「被雷打到」都不足以形容。

班傑明簡直無法抹去這一幕！

自從他四歲以來，他在船長的墓石爬上爬下不知道有多少次，那是在**外面**、在學校的操場上啊！因為，**那是**埋葬歐克斯船長的地方，鎮上每個人都知道這件事！這個州的每個人都知道鄧肯·歐克斯是個怪老頭，他蓋了一間學校，然後把自己埋在學校的操場上，而且是在房子的外面！

但……那竟然不是真的。

因為他就躺在這裡，實在是令人毛骨悚然，他的遺體就這樣大刺刺的擺出來給人家看。

不，其實也不是這樣，因為他的臉是遮起來的。

有人很仔細的把一塊藍色絲綢從他的前額蓋到襯衫高領上。

可是，班傑明還是可以看到一點點像皮革那樣的深色皮膚，是他脖子的一部分。

而且，雖然船長戴著漂亮的禮服手套，但是他的手看起來瘦得見骨。同樣一雙手，在樓下的畫像中是那麼強壯又堅定。

班傑明全身一陣冷顫，心想：這是一具美國木乃伊啊！

吉兒悄聲說：「羅伯，關掉相機。」

「但是我想拍……」

「**關掉——馬上關掉！**」

「好啦……對不起，關掉了。」他說。

班傑明偷偷看著吉兒，她看起來氣色很差……蒼白、疲倦，還有像是害怕的樣子。

他想過去摟著她的肩。

他也希望吉兒能過來摟住他的肩。

不過，他現在必須堅強，他必須是普拉特船長……對吧？對。

他輕輕的說：「那……還記得那塊記載了所有線索的刻字嗎？最後是守密的誓言的那個？它說，『只有在絕對必要時』才能尋找最後的保護裝置，因為一旦發現它，『我們學校就會永遠改變』。我不知道你們是怎麼想的，但我**真的**也那麼認為。」

「對，我也是，」羅伯說：「不過……我覺得這真的會有效。我是說，拯救學校。」

吉兒瞪著他，「我不懂，怎麼拯救？」

班傑明從來沒看過傑瑞特那麼不自在，看來他似乎得強迫自己才能講出每個字，一個字、一個字的講。

「嗯，」羅伯開始說：「我知道這聽起來很詭異，但是我四年級的時候，才開始真的了解我爸媽是怎麼了。在放學回家的路上，我會去教堂他們的墳墓邊，大概每星期就會去兩、三次，持續一整年。我心想，他們躺在那裡，四周還有其他人也躺在那裡。……奶奶家的後院很大，有棵蘋果樹每年春天都會開花，我就想，如果……如果他們能葬在那裡不是很好嗎？離家很近啊！」

他停住不說了，班傑明看得出來，他是花了一番工夫才能繼續講下去。

「總之，有一天我就跟奶奶說了，她說這個想法不錯，不過，法律有嚴格規定遺體必須被葬在哪裡。一旦下葬，遷葬的規定就更嚴格了。」他又停住，羞怯的笑著說：「哎呀，你們也很了解我啊，我就去找出麻州所有關於埋葬、墓地、墓碑、骨灰地窖、紀念碑等等的法律規定囉，可以說是鬼迷心竅了。所有的法律規定在網路上都可以查到，條文一大堆，並不是太難理解，因為他們都用了清楚的文字。奶奶說得沒錯，一旦遺體安置好，就被視為不能移動。如果有墓碑或紀念碑的話，去動它也是違法的。」

「**噢！**」吉兒說：「所以你的意思是說，就算這是一間學校，可是因為船長的遺體就放在**那裡**，所以這整棟大樓就像是一個超級大墓碑囉！」

羅伯點點頭。「沒錯，而我的意思是，我們應該去請教律師。不過，沒錯，我的想法就是那樣。」

班傑明說：「打電話！打電話給律師！」

傑瑞特做了個鬼臉。「現在？凌晨三點半耶！」

「那又怎樣？」班傑明說：「歐克斯信託基金花了一大筆錢聘請

他呢！現在就打給他啦！要用擴音功能喔。」

只響了一聲，哈洛德．喬姆登就接電話了。

「羅伯，你們還好嗎？你們不是在警察局吧？聽我說，什麼話都別說，不要跟任何人講一個字，好嗎？一個字都別說！」

「我們沒事啦，喬姆登先生，我們都沒事。我們在學校裡，在屋頂最上面的小閣樓裡。對不起，吵醒你了，可是……」

「吵醒我？」律師笑了，「你開玩笑是嗎？我整個晚上都在跟你奶奶，還有吉兒和班傑明的爸媽通電話呢，整個晚上喔！我跟你說，根本沒人在睡覺！」

班傑明說：「我們把手機開擴音囉，喬姆登先生，你可以講小聲一點嗎？還有，羅伯要跟你說一件事。」

羅伯開始解釋，班傑明拿出他的手機，拍了一張玻璃棺和遺體的照片，第二張是拍棺材前那塊銅牌。

羅伯現在講得很快：「所以，在小閣樓這裡，我們找到歐克斯船長，嗯，我是說，我們找到他的遺體了。這裡就是他被埋葬的地方，不過它比較像是個木乃伊，因為他的遺體是放在一個玻璃箱裡，就在這裡。我剛剛跟吉兒和班傑明說，我還滿確定的，這表示沒有人可以對學校怎麼樣了，因為……」

「等一下、等一下……」律師說：「你說，他的**遺體**就在那裡？看得到？」

班傑明說話了：「喬姆登先生，我是班傑明，我剛剛把兩張照片用手機傳訊息給你了。」

他們聽到那律師的手機叮的一聲，然後聽到他按了按鍵。「哇！太不可思議了！等一下……」

班傑明聽到他的手指頭在鍵盤上打字，喬姆登先生開始一邊說他在做什麼。

「好的……我現在上了麻州的民事法網站……有土葬、火葬、海葬……找到了！一百一十四章，火葬和土葬。然後……找到了，第十八節。聽聽這一段：『該市鎮範圍內有遭棄置或無人打理的墳地，該市鎮當局得接管並維護之，並得撥款從事相關事宜，但不可侵奪其產權，且不可起出遺體。不可移動或損毀任何圍籬、墳墓、紀念碑或其他結構，只允許修理或恢復原樣。』就是這樣！所以，**動一下**那個遺體都是違反法律，而且它周圍的結構都不能移動或損毀！結案了，幾乎啦！你們現在再多寄幾張照片給我，有多少就多少，然後快離開那裡，不要驚動工友。十分鐘之內，我會立刻召集我們的法律小組，我們八點三十分就會到賽倫市的法院，那就是……不到六個小時了！而你們這些孩子要回家去睡個覺！」

「沒錯，他們真的該去睡了！」

低沉的聲音迴盪在這小房間裡，班傑明脖子上的汗毛都豎了起來。他睜大眼睛看著玻璃棺裡的屍體，然後轉身。

李曼！

李曼就站在他們後面的梯子上，只有頭和肩膀露出洞口。他清楚看到整個房間的狀況了！

律師說：「誰……那是誰的聲音？」

班傑明嚥了一口口水，清楚的說：「喬姆登先生，請打開錄音功能……打開了嗎？」

一陣停頓後，喀噠一聲，律師說：「好的，我在錄音了。」

班傑明說：「剛剛講話的是傑若德．李曼，葛林里集團的員工，他也同時在歐克斯小學擔任工友。他跟我們在這個房間裡。」班傑明對李曼拍了張照片傳送出去。「我剛剛把他的照片傳給你了。」

律師接手了。「李曼先生，我是哈洛德．喬姆登，我是個律師，也是艾塞克斯郡法院的公職人員，我是你身邊這三個學生以及他們家長及監護人的代表。這些學生剛剛寄給我的照片已經作為證據，顯示了你在那裡看到的情況，我也有證據表示你此刻就在鄧肯・歐克斯船長的埋葬紀念物之中。你在那裡看到的房間，是法律定義中的古代埋葬所。我現在要對你發出直接且清楚的警告，如果你企圖侵擾這個地點，或是那裡的任何物品，或是那整棟房子的任何地方，在麻州的民事法規定下，這種行為將會使你個人遭受罰鍰或監禁。在法律規定下，這種人類遺跡的發掘必須立刻向地方警察機關通報，那就是我下一通要打的電話，然後就會有個穿制服的警官在十五分鐘內甚至更快的時間抵達現場。你將必須完全配合警方行動。接下來幾天或幾週，會來探勘這個墓地的還有其他幾位州立或當地警官以及州立醫事檢驗官，還有本州的考古學家。你明白我剛剛說的話嗎？」

李曼立刻回答，班傑明心裡有點疑惑，他怎麼會講得這麼真誠而流暢。

「是的，喬姆登先生，我完全明白。我願意向你保證，我或我所工作的公司都不願意違反任何法律規定，或是涉入任何非法活動。但是，對於在凌晨三點十五分在一棟市立建築物裡發現三個年輕人，我很關心這一點，因為我也是為愛居港聯合學區工作，而這是相當不尋常的情況。」

「謝謝你的關心，」喬姆登先生說：「作為學校的雇員，你現在同時有法律責任及個人責任必須護送這些學生安全下樓，然後你會發現他們的家長和親屬在學校南面的停車場等著，他們會帶這些孩子回家。你明白在這件事之中的法律責任了嗎？」

「我了解，先生，」李曼說：「我保證會照你指示的去做。」

現在怎樣？班傑明又摸不透了。這個工友到底在玩什麼把戲？

律師說：「班傑明，我要你保持在通話狀態，如果斷線了，馬上打回來給我。我會立刻到場，差不多就在你們見到爸媽的時候。如果有任何問題，你們任何一個人就馬上打一一〇。明白了嗎？」

班傑明說：「明白。謝謝，喬姆登先生。」

李曼看看四周。「真令人佩服啊，恭喜你們找到這個。我**實在是服了你們**。那麼，我們最好是下樓吧！」

他在梯子上倒退一步。

班傑明沒有動，吉兒和羅伯也沒有動。

班傑明看著李曼的眼睛。「你要幹嘛？你又在耍什麼花招？」

李曼回頭看著他。「沒有啊，」他溫和的說：「很簡單，你們贏了。你們以為過去十五年來，所有的主題樂園以及葛林里主導的其他開發計畫是第一次碰到墓地或墳墓或古代葬墓遺址嗎？那些大多數是美洲原住民的遺址，而我們也都非常清楚這些法律規定。我剛剛對喬姆登先生說過了，我們不想違反任何法律規定。而且，我個人相信，打擾任何人的最後安息之處是不道德的。我就是這麼覺得，就算法院認可，我也不喜歡這麼做。現在……」

律師的說話聲從手機擴音裡傳來：「我還在錄音……」

班傑明仍然瞪著李曼。「你說你不想違反法律規定？你在開玩笑嗎？上個星期你打算淹了整個學校，那又怎麼說？」

李曼的臉色一沉，迅速回話：「那時候是有……」

他自己停了下來，然後又開始說，不過聲音變小了：「那是個不幸的意外，是這棟老房子裡的水管故障了。不過，回到律師所說的，確實沒錯，一切都改變了。我們一出去後，我會盡快對公司裡的人如實報告。這個計畫裡我扮演了特別的角色……不過，現在這已經變成法律和道德的問題了，那我的工作就算是結束了。」

吉兒說：「但是，你們從我們這裡偷走了整個地下祕密轉運站，那件事該怎麼說？那也不完全是合法的啊！」

聽到這個，李曼的眼睛閃了一下，但是他盡力使聲音保持平靜。

「恰好相反。那是我的狗，一隻叫做麋鹿的羅威納犬，因為不明原因被困在北面樓梯間，是牠發現了那個隱匿的地方。那個晚上沒有別的跡象顯示有任何人在學校裡，不管是合法或非法，如果你是想討論什麼叫合法的話。而且，那個具有歷史重要性的房間被發現之後，公司和我就立刻採取行動，負起責任保護它。」

班傑明聽著，不得不同意李曼說的話。從技術上來說，他可能沒有違法，而且，他仔細看著那個男人的眼睛，現在並沒有任何憤怒，表情也沒有隱藏任何狡獪，他的臉色反倒像是鬆了一口氣。

吉兒還沒完呢。「那瓦力呢？現在這樣他也沒意見嗎？」

李曼拍拍夾在他領子上的對講機。「瓦力，你都聽到了吧？我們在這裡的工作結束了，你同意吧？」

對講機劈啪作響，不過的確是瓦力的聲音，聽起來像是說：「是的。」李曼把對講機關掉，他又說：「那麼，我們應該下樓了。」

奇怪的是，班傑明竟然相信李曼，而且是完全相信。感覺上他們好像在跟一個完全不同的人講話。不過，他還是保持警覺。

他們走到三樓走廊，正要下南面樓梯時，羅伯問：「那，你是怎麼發現我們在上面的？」

「這個嘛，」李曼說：「我定了鬧鐘在三點響，因為我記得你們有人曾在這個時間進到學校裡。當然，這是隱密的夜間行動最好的時間點。所以瓦力和我把每條走廊都巡了一遍。下午的時候，所有的畫和地圖都被白色塑膠布套起來了，我們上樓到這裡，那幅大畫像卻沒有被塑膠套套起來，然後我們就用聽的，聽到了微弱的聲音，還有一些其他聲響。我們用強力手電筒照那一大幅畫，看得出畫布上有洞，就在鑰匙孔上。真是巧妙啊！瓦力用一個硬鐵片和一支大力鉗作出一支鑰匙，打開了那個鎖。之後我爬上去，由他監聽。我爬到階梯的一半，就聽到你們在講那個……那具屍體。」

他們走出樓梯間到一樓走廊，吉兒和羅伯兩人立刻說，他們看到那具屍體有多麼震驚。

班傑明實在哭笑不得，傑瑞特和吉兒顯然也已經決定李曼不是敵人了，他們像哥兒們、像老戰友一起分享從軍的故事。

他聽到某個聲音，心想，可能是他爸爸在按喇叭吧。「噓……」他說：「安靜一下，你們聽到了嗎？」

四人都僵住了，現在，那個聲音非常清楚。很大聲，而且很接近。

不過，班傑明不需要問那是什麼，因為現在他知道了。絕對錯不了，是柴油引擎的隆隆聲，而且是很大的引擎！

26 怪獸

班傑明衝出去，並瞪著李曼，幾乎要吐口水在他臉上了。

「你這個**奸詐小人**！裝好心說什麼放棄了，裝好人跟我們談什麼法律，好讓**瓦力**有時間去外面發動那台拆除機器！」

李曼搖搖頭，他的眼神很慌亂。「我沒有……」

但班傑明轉身就走，還拉著吉兒的手開始飛奔。

「傑瑞特，快來！」他大喊：「前門！」

他們衝到外面，繞過學校南邊角落時，三個人立刻停下腳步，當場呆住。

班傑明發著抖，緊捏著吉兒的手，弄得她叫：「噢！」

他放開她的手，但立刻後悔了，因為他們眼前這一幕就像恐怖電影那樣。

在昏黃的街燈之下，他看到那輛裝著拆除怪手的大卡車已經開上華盛頓街的人行道，壓碎了花崗岩的人行道鋪邊石塊，正在南草坪上鏟出一條路，直直對著學校。三棵十公尺高的楓樹已經被推倒，像野草那樣被那台巨大機器掃到一邊去。

班傑明好像被催眠似的望著，那巨大的油壓手臂開始伸出去，抬高，往前。黃黑相間的手臂韌帶在港邊步道的路燈照射下發亮，鏈帶喀啦喀拉響，引擎呼嘯怒吼，讓人很難思考。

某個東西從班傑明旁邊衝過去，他嚇了一跳，這才明白是李曼跑向那輛機器。這讓他們更驚訝了。

「你們去那裡！」班傑明對吉兒和羅伯大喊，手指著海，他隨後跟上李曼。

那男人的腿好長，他比班傑明快了十五秒跑到那輛大卡車邊，而且他跑去遠端操控室。班傑明跟著過去，直到所能忍受的極限才停下來，那噪音實在是令人震耳欲聾！

操控室裡，瓦力霸著操縱桿，雙手迅速在各桿之間舞動，把機器開上草坪。長長的怪手現在抬得好高，至少比他們高十八公尺，像一隻眼鏡蛇那樣昂然挺立。它要是再往前移動六公尺，學校南邊角落就會被砸到了。

李曼圈著雙手圍在嘴巴旁喊：「**瓦力！**」

他又喊了那名字第二次，而且更大聲：「**瓦力！**」

但是就算瓦力聽到了，他也沒有任何回應。控制面板上的燈光在他臉上投射出暗暗的綠色，班傑明覺得這傢伙看來完全豁出去了。班傑明看看左邊，看到吉兒和傑瑞特並沒有去港邊步道，他們跟著他來了。班傑明正要對吉兒喊，這時，李曼做出了驚人的舉動。

他一躍而起，跳上正在移動的鏈帶，然後迅速踏上操控室門邊平台。他用拳頭敲打玻璃，瓦力驚跳起來，像被針戳到那樣驚訝不已。

他沒有開門，也沒有停下來。

他只是搖下門的窗戶，李曼指指他的耳朵，引擎聲音漸漸變小。

班傑明能聽到他們在吼叫。

「你不能這樣做，瓦力！真的，不行！」

「我**聽到**你說的了，」瓦力吼回去：「你向那些臭小孩投降！你說：『你們贏了！』你這個**叛徒**！」

「我不是叛徒，瓦力。我有職責在身，就是這樣而已。那個墓地改變了一切。那裡有個死掉的人啊！如果房子拆掉之前都沒有人發現它，就不是我們的錯。但是，它就在**那裡**，而且我們**知道**它在那裡。現在，連碰它一下都不行。法律規定贏了，瓦力。你現在應該知道，**向來**都是法律贏的！」

「是嗎?」瓦力尖叫:「那我們來看看,這樣做的話,法律會怎麼處理!」

他關上窗戶,臉轉向前。李曼繼續拍打玻璃,但瓦力不理他。排氣管向夜空噴出濃濃煙霧和火花。怪手往前衝,速度比之前更快。瓦力掀了一個開關,操控室前面的兩盞強力頭燈把學校南面照得通亮。

李曼將手指頭伸進操控室的門縫,開始扳,不過瓦力突然把門打開,將李曼打得往後跌到喀隆喀隆的鏈帶上,他往側邊倒,撞到頭,摔倒在地,躺著不動。

吉兒最先到他身邊。「李曼先生!李曼先生!」

他的頭側邊有個傷口,但仍能睜開眼睛,虛弱的對吉兒微笑。看到班傑明和羅伯,他嘶啞的說:「快,叫警察來!」

喬姆登先生已經叫了。

一輛警方的巡邏車開進公車轉彎區,警車的車燈閃爍,警笛嗚嗚的一陣陣響著。班傑明揮舞雙臂跑向它，接著那輛警車衝上人行道，加速越過草坪，停在那輛節節進逼的拆除怪手前方四、五公尺處。兩個警官跳出警車，車門大開。他們並肩站著，姿勢相同，都伸出一隻手，手掌打開，另一手按在腰間，靠近他們的警用武器。

這個訊息夠清楚了，瓦力也明白。

機器不再往前推進，柴油引擎漸漸慢下來發出呼嚕呼嚕聲，轟隆幾聲之後，機器完全停住。在這突然的一陣寂靜中，班傑明聽到海浪拍打岸邊的聲音。

警官們走到怪手旁，瓦力打開操控室的門，笨拙的爬到地面，其中一個警官替他上了手銬，另一位則宣讀他的權利。他們正押著他走向警車，但瓦力說了些什麼，那位警官點點頭，帶他到李曼那裡，李曼已經在草地上坐起來了。

「你還好嗎，傑若？我……對不起，害你受傷了。」

「我明白，瓦力，我沒事。等一下天亮我就會去看你，我一定會去的。」

班傑明看著瓦力走開，走向警車。然後他看著李曼。

他蹲下來，看著他的眼睛說：「李曼先生，我也想道歉，因為我指控你幫瓦力做那件事。」

李曼點點頭。「我了解，不過，就像我對瓦力說的，我真的只是因為職責所在。其實我很欣賞你和你的朋友。我很榮幸。」他停了一會兒，對班傑明苦笑一下，「如果你保證不跟我老闆說，我就向你洩露一個大祕密，那就是，我非常高興這件事是這樣收尾的。這可不是在說笑喔！」

李曼伸出一隻手。班傑明和他握一握手，對著他的臉微笑，此刻，班傑明前所未有的感覺到自己長大了。

他站起來，聽到有人叫他的名字。他向左轉身，看到爸爸和媽媽跑過草坪，兩人看起來都很害怕。

他揮揮手。

媽媽大喊：「你沒事吧？」他大聲回答：「沒事，我沒事。」

班傑明看著他們，止不住的笑，不只是因為很高興看到他們，或者是感覺到自己被深愛著。

他笑是因為，他們跑過來的時候，是手牽著手呢。

27 重大歷史意義

「你得去坐在**那裡**，你這樣會破壞平衡啦！」

吉兒做了個鬼臉。「我才不在乎什麼平衡呢，我就是要坐在船的這一邊，因為我想坐在你旁邊。沒得商量。」

班傑明笑了，他說：「好。但是，你如果永遠學不會駕駛帆船，可別怪我喔！」

「誰說我要學的？」

學年結束已經兩週了，他們的大發現掀起的媒體旋風差不多已平息下來。每隔幾天，還是會有像莫斯科或里約熱內盧這些地方的新聞媒體人員出現在市鎮上，但是和第一週比起來已經是小巫見大巫了。

當時，一天至少有三場完全不間斷的採訪。關於這次大發現的來龍去脈，全世界的雜誌、報紙都有報導，更別提網路曝光度了。班傑明認為他看過寫得最棒的是《波士頓環球報》週日版那一大篇特稿，還附上了許多照片。他最後一次去看YouTube，上面有三十三段影片在講歐克斯小學，其中傑瑞特做的那支影片已經有超過六百萬次的點閱。

不過，世界已轉移到其他新聞事件上了。

他得知所有對瓦力的指控已經撤銷了，班傑明、吉兒和羅伯對此都很高興。那個傢伙只是對這一切太過投入個人感情了。

這是吉兒一直警告我的……

即使到了最後，他還是把李曼想得那麼壞。不要投入個人感情？還真不容易啊！

為了撤銷對瓦力的法律行動，葛林里集團同意修復街道和校地上所有損毀，三棵新的楓樹已經種好了。

那天早上，李曼坐在學校外的草坪上，頭顱一側有個傷口，從那之後，就沒有人再見過他。班傑明希望他已實現他的允諾，帶著瓦力去海上長途遨遊。

班傑明拉一下繫帆索，好讓速度更快一點，讓船身平一點，這樣才能在海面上滑得更順。但沒有用的啦……除非他能說動吉兒坐到另一側去。他自個兒微微笑，手上的繩子放鬆一些。

葛林里集團已經發出一份聲明，說他們決定和政府一起解決因「大船樂園」計畫取消所產生的財務問題，那可是一大筆糊塗帳呢！

歐克斯船長很積極的參與了這個過程。信託基金的受託人一致決定為了「歐克斯小學的福祉、保存以及持續營運」，信託組織要捐出一大筆匿名捐款給政府，如此，愛居港的納稅人就不必承受額外的負擔，又可以把錢還給葛林里集團，要他們盡快退場。萊登先生說，付這筆錢不要緊，「只要我們還留個五百萬或一千萬來繼續投資，信託就沒問題。而且，誰知道呢，搞不好再過一、兩百年，有人會想拿這塊地來蓋個太空站之類的。不過，我們還是要為這種事做好準備。說到錢生錢啊，什麼都比不過**時間**！」

出海，真是讓人鬆了一口氣。他和吉兒、羅伯還有其他守護者已經變成鎮上的名人，但這竟然讓人出奇的煩，而且有夠累的。

不過，班傑明試著把這些都拋到一邊，只管揚帆駕船。

就連駕駛帆船，對他而言都不同了，尤其是比賽。

這一季的第一輪正式比賽他贏了，而傑瑞特贏了第二輪比賽。雙方平手。比賽還是很好玩，但是，贏不贏好像沒有以前那麼重要，就連傑瑞特對比賽也沒那麼看重了。雖然他還是垃圾話滿天飛，不過連那部分也變得大不相同。

每件事都不一樣了。

「你邀請羅伯，這樣很好呢！一起上你爸的帆船去旅行，他會很喜歡的，而且，最後他會變成你最好的朋友。」

班傑明側眼看她。「我還以為，你會變成我最好的朋友呢！」

她笑了笑，但是沒有回答。完全不需要回答。

「準備迎風換舷！」他說，不過這命令下得很鬆散。

他放慢船速，兩人一起換到船的另一側。這時候風不大，恰好只夠前進而已，此時船身處在極不均衡的狀態。

「對啦，」他說：「我本來是想邀請你，真的，我第一個想到的是你。不過，我知道你並不是真的很喜歡航海啦！」

吉兒皺皺鼻子。「我無意冒犯，但是，困在時光飛逝號那樣的船上三個星期？我會發瘋的，就算是跟我喜歡的人在一起，我**真的**喜歡的人。」她停頓一下，「我是說真的，邀羅伯一起去的主意很棒，那段旅行他會很開心的。」

現在是七月，他們在船上、在海灘上消磨時間，兩人都很愉快。

不過，他認為這對吉兒更是有益。她看起來氣色正好。一整個學年在她臉上留下的蒼白都消失了。這是一張他永遠也看不膩的臉。

學校也會和以前不一樣，就像歐克斯船長所警告的那樣。從這個受風角度，他能清楚看到那個地方，在海岸上統領著天際線，那裡就該是它所在的地方。

吉兒也凝視著同樣的方向。

「那麼……」他說：「現在看著學校，你心裡想的是什麼呢？」

「我看到你、羅伯、金先生、湯姆・班登、李曼、瓦力、辛克萊老師、因曼老師……還有歐克斯船長……還有幾百萬個其他人，還有我們發現的所有東西。」她停了一下，對他微微笑。「不過，最主要還是看到你囉。」

班傑明也對她微笑。「噢，那真好。」

他不想告訴她自己看到的是什麼，免得破壞氣氛。

因為，他看到的相當偏重於分析層面。如今他看著學校，他看到的是過去、現在和未來，全都混雜在一起。歐克斯船長從他的墳墓裡伸出手來，把一枚金幣交到他手上。從現在開始，班傑明知道，**他**是這段地方歷史的重要一部分，所有的守護者都是。

改變？是啊，是變了。不過就目前看來，班傑明覺得這改變會是好的。

學校董事會提出的計畫很簡單。在市區另一邊的那所新學校會成為國中，而且因為有了另一筆大數目的匿名捐款，歐克斯小學會有顯著的改善措施。

歷史協會也參了一腳。如果那些改善措施進展夠快的話，明年夏天，學校就會在七月和八月開放為一所博物館，有點像是賽倫市的「七角樓」或小說家霍桑的故居那樣，會有每週開放的時間，讓大家可以看到鄧肯·歐克斯船長留下來的遺產，包括他本人的遺體。

至於**那個**部分，班傑明想了好一陣子。學校放假之後，他和羅伯約過兩次到對方家裡過夜，他們也曾討論過。

因為，在棺材裡的那個，是一個人。他很確定這一點，也滿確定歐克斯船長知道這一點。

不過，光是用想的就夠驚人了。歐克斯船長是怎麼運用各種辦法、動用所有資源、所有他擁有的東西，包括他自己的身體，來保護某個他認為確實值得保護的東西。

真是偉大。

不過對於偉大的想法，班傑明已經厭煩了。

他現在只想思考些小小的想法就好。偉大的想法撐不了多久。

吉兒往他這裡靠過來，一手越過船身，手指頭劃著海水。每次他們出海，她都是這樣坐。這讓船身更傾斜了，但班傑明不在乎。

「你媽媽和爸爸呢？」她問：「有比較好了嗎？」

「有啊，」他說：「他們好像滿好的，並沒有復合啦，還沒有住在一起。但是這次旅行，三個星期都要在同一艘船上，對他們來說挺剛好的，我覺得應該會很不錯。」

班傑明又對她迅速瞥了一眼，然後轉頭微笑。他對吉兒的感覺也很不錯。他們還沒有進展到接吻啦，但他滿確定這會發生的。

而且，他滿確定吉兒也挺確定的。

那可是具有重大的歷史意義哩！

不過沒什麼好急的，夏天才剛開始呢！

學校是我們的❺
最後的盟友

作者／安德魯・克萊門斯　譯者／周怡伶

主編／林孜懃　內頁繪圖／唐壽南　特約編輯／楊憶暉
行銷企劃／陳佳美　出版一部總編輯暨總監／王明雪

發行人／王榮文
出版發行／遠流出版事業股份有限公司　臺北市南昌路2段81號6樓
電話：(02)2392-6899　傳真：(02)2392-6658　郵撥：0189456-1
著作權顧問／蕭雄淋律師
輸出印刷／中原造像股份有限公司
□2015年 1 月 1 日　初版一刷
□2020年11月15日　初版六刷

定價／新台幣250元（缺頁或破損的書，請寄回更換）
有著作權　侵害必究　Printed in Taiwan
ISBN 978-957-32-7562-6
遠流博識網 http://www.ylib.com　E-mail:ylib@ylib.com
遠流YA讀報粉絲團 https://www.facebook.com/yaread

BENJAMIN PRATT & THE KEEPERS OF THE SCHOOL:
WE HOLD THESE TRUTHS
Original English language edition copyright © 2013 by Andrew Clements
Published by arrangement with Atheneneum Books For Young Readers,
An imprint of Simon & Schuster Children's Publishing Division
through Bardon Chinese-Media Agency.
Complex Chinese translation copyright © 2015 by Yuan-Liou Publishing Co., Ltd.
All rights reserved.
No part of this book may be reproduced or transmitted in any form or by anymeans,
electronic or mechanical, including photocopying, recording or by anyinformation storage
and retrieval system, without the prior written permission from the Publisher.

國家圖書館出版品預行編目 (CIP) 資料

學校是我們的 . 5, 最後的盟友 / 安德魯・克萊門斯（Andrew Clements）著；周怡伶譯 . -- 初版 . -- 臺北市 : 遠流 , 2015.01
面；　公分 . --（安德魯 . 克萊門斯 ; 21）
譯自：Benjamin pratt & the keepers of the school : we hold these truths
ISBN 978-957-32-7562-6（平裝）

874.59　　103025754